郭崧玥 著

山东大学出版社

追梦踏入魔法小镇的女孩

图书在版编目(CIP)数据

追梦踏入魔法小镇的女孩/郭崧玥著.
—济南:山东大学出版社,2016.11
ISBN 978-7-5607-5648-6

Ⅰ.①追… Ⅱ.①郭… Ⅲ.①长篇小说—中国—当代
Ⅳ.①I247.5

中国版本图书馆 CIP 数据核字(2016)第 264783 号

责任策划:徐　翔
责任编辑:徐　翔
封面设计:牛　钧
插　　图:郭崧玥

出版发行:山东大学出版社
社　址　山东省济南市山大南路 20 号
邮　编　250100
电　话　市场部(0531)88364466
经　　销:山东省新华书店
印　　刷:济南华林彩印有限公司
规　　格:880 毫米×1230 毫米　1/32
7 印张　120 千字
版　　次:2016 年 11 月第 1 版
印　　次:2016 年 11 月第 1 次印刷
定　　价:16.00 元

故事梗概

性格孤僻、冷漠但内心强大、坚毅的中学生宁诗瑶，多次在梦中承黑衣人搭救脱离险境，因此她对人类关于黑衣人的传说深信不疑，并梦想自己有朝一日能成为一名黑衣人。有一天，她遇到了曾多次搭救过她的黑衣人奇诺，并先后结识了幻羽、雪儿、茗轩等黑衣人成员，从此开始踏入黑衣人的世界，并和他们一起，与以黑衣神为首的邪恶势力展开一次次殊死搏斗，也一次次体验着磨难、危险和友情。宁诗瑶渐渐发现，成为一名黑衣人并没有想象得那么容易，在险境和死亡面前，她也有过犹豫、彷徨甚至退缩的念头，但在与黑衣人们联手拯救魔法世界、保护人类世界的过程中，她学会了坚持、坚强和爱。最终，宁诗瑶在浴血奋战中经受住了生死考验，浴火重生、脱胎换骨，成为了一名真正的黑衣人，并从此踏上与邪恶斗争、保护人类的新征程。

目 录

一

黑衣人传说

阴森森的城堡、面目狰狞的骷髅和魔兽、阴暗冰冷的牢房……宁诗瑶惊恐地抓住牢房的栏杆,瞪大眼睛绝望地望着这一切。至于她为何在这里,她已无暇顾及。

对面是一个暗淡的青蓝色火焰组成的椅子,坐在上面的人穿着黑色长袍,四周的黑气使宁诗瑶看不清他的脸……

一股黑烟从黑袍人身上弥漫开来,瞬间就包围住了宁诗瑶,她剧烈地咳嗽,无力地摊倒在地,眼前渐渐朦胧、模糊,生命似乎一点一点地被抽干……

就在这时,一道黑影冲进了她的视线。那黑影挥舞着手中的利剑,干脆利落地砍断了牢房的栏杆,而后一把拉住宁诗瑶的胳膊，飞似地逃离。惊魂未定的宁诗瑶回过头，看到一股火焰追着他们，似乎随时要把他们烧成灰烬……

面前有一群怪异的魔鸟扑腾着翅膀阻挡住他们的去路，黑衣人的剑带着寒光，所到之处回荡着飞鸟的惨叫。此时，那股火焰越来越近，黑衣人带着她猛地从飞鸟的包围中穿了过去，身后是噼里啪啦的火焰声以及魔鸟的惨叫声。前面又涌出一群怪物，狰狞着向他们袭来，黑衣人的剑向着这些发着黑气的怪物狠狠地劈了下去，刀刀见血。宁诗瑶的耳边充斥着怪物的鬼哭狼嚎，转眼间，两人已逃离了那座城堡。

宁诗瑶刚要松一口气，城堡里那个黑袍人却突然出现在他们面前，还没等她反应过来，黑衣人的剑已挥动起来迎向黑袍人，二人打斗起来。黑袍人的注意力似乎不在黑衣人身上，他在伺机寻找攻击宁诗瑶的机会。黑袍人还是抓住了一个机会，就在黑衣人躲闪的一霎那，黑袍人手中的剑冲着宁诗瑶狠刺过来……

"啊！"宁诗瑶猛地坐起来，她大口大口地喘着粗气，环视着周围的一切：书桌、书架、墙上贴着的一张张奖状……一件件她所熟悉的东西告诉她，刚才的一切只是一场梦。她慢慢平静下来，擦擦额头上的冷汗，将头伏在膝间。

这已经是宁诗瑶第五次梦见黑衣人了。俗话说"梦为心头想"，可见她平素对黑衣人的传说真的是深信不疑。

这是一个流传了很久的传说：

很久以前，黑衣人便已出现在人们的生活里，他们来自潜藏在地球某处的魔法世界里，地球是他们的居所，他们与人类和平共处，并自愿承担起保护人类的使命。

他们为了保护人类，为了保护自己的栖息地，曾无数次与各类敌人战斗过，有来自外星系的破坏欲极强的移民，有对地球虎视眈眈的黑暗组织，甚至有生在地球长在地球却被黑暗诱惑而选择不归路的地球人类……白驹过隙，时光流逝，黑衣人经历的每一次战争，都在他们的首领——黑衣神的领导下，取得最终的胜利。黑衣神算得上是个优秀的首领，魔法能力极其高强，英勇善战。在那漫长的岁月里，黑衣人成为人类的生存依靠和精神支柱。提到黑衣人，无论男女老幼都是满脸的虔诚与信任，而黑衣人也从不让人失望，他们恪尽职守地保护着人类。

然而，后来黑衣人组织出现了问题，问题出在首领黑衣神身上。黑衣神打败了无数敌人，却败在了他自己的贪欲下：随着威望越来越高、权力越来越大，欲望随着权力一起膨胀，曾经的身先士卒、爱民如子渐渐变成了利欲熏心、倒行逆施，于是，威望并着理智一起衰落了、倒下了、破碎了。最终，他走上了令人无法想象的邪路：背叛了黑衣人组织宗旨，他不仅要在黑衣人组织里拥有说一不二、至高无上的权力，而且要成为地球人的主宰，无论是自己手下还是人类，稍有不从便大开杀戒，曾被他保护过的人类，也随之变成了他屠杀的目标。但是，黑衣神的倒行逆施，令多数仍有正义精神的黑衣人感到强烈不满,他们不愿被笼罩在黑衣神的淫威之下,更不愿意与人类为敌,于是先后离开了他。这些脱离黑衣神淫威的黑衣人,自然成了黑衣神的心头大患,成了他最大的敌人,而这些拥有正义精神的黑衣人也团结起来与黑衣神进行着不屈不挠的斗争。

这些富有正义精神的黑衣人的存在让人类感到了一些欣慰和安心,因为他们保护人类的决心并没有因为首领的背叛而动摇,他们会在每个夜晚,在黑衣神最容易出动的时候无声无息地在人类周围巡视,尽其所能地在死亡边线上救回一个又一个生命,他们仍是人类的保护神和精神支柱。

宁诗瑶深信且钟爱这个传说,她听说过、想象过黑衣人的样子:黑巾蒙面,一袭黑衣,正义凛然。她也听说过、想象过黑衣人的特点:武功高强,身手敏捷,嫉恶如仇,坚毅果敢。虽然她从没见过黑衣人,但她相信黑衣人真实存在而且就是这个样子。

她每天晚上都留意着窗外,但从没有看到过黑衣人的影子。更令她失落的是,如今的人们,竟然把用生命保护他们的黑衣人当作一个并不存在的笑话,而相信黑衣人的人,也成为了他们的笑柄。

二

古怪女孩的记忆

宁诗瑶是一名中学生，平素沉闷冷漠，脸上时常面无表情，男生大都因此而近乎怕她，女生也大都因此而不愿接近她，所以她在班里的朋友不多。大家都说她很古怪。

是的，她的确很古怪。明明处在朝气蓬勃的年纪，却总是莫名其妙地产生对生活的厌倦，产生对身边一切事物的反感，甚至可以说，除了父母，她在世界上没有任何留恋。

然而正如有句话所说：平淡的生活总需要英雄梦想。就是这样一个思想消极的人，却执着地相信着黑衣人传说。从十岁开始，她最常做的事，就是坐在某个地方发呆，不，不是发呆，而是在想象自己成为一个黑衣人的场景。

当然，一开始大家都不知道她相信黑衣人，毕竟对绝大多数人来说，这只是一个传说罢了。

宁诗瑶的同桌叫苏羽，是个性格开朗的女生，但宁诗瑶总觉得她过于大大咧咧，令人反感。

这天，宁诗瑶来到学校，苏羽和往常一样，和她说着一些好玩的琐事，时不时地还会大笑起来。宁诗瑶往日总是静静听着这些她丝毫不感兴趣的事，但这次，在她第五次梦到黑衣人之后，她开始厌倦苏羽所津津乐道的日常生活，厌倦那些俗气的鸡毛蒜皮。

她打断苏羽："昨晚我梦到黑衣人了。"

苏羽惊讶地看着她，平时宁诗瑶很少开口的。

宁诗瑶又重复了一遍："昨晚我梦到黑衣人了。"

苏羽问她："难道你相信黑衣人？"

宁诗瑶点点头，神情很郑重。

苏羽似乎想忍，可实在忍不住，终于爆发出一阵刺耳的大笑，这笑声直刺进宁诗瑶的心底。

"哈哈哈哈……原来你还相信黑衣人啊……"像是传染一般，周围的人也爆发出一阵阵大笑。

"真没想到，好学生宁诗瑶还相信这个。"平时话语不多的一个女生满脸不解。

"宁诗瑶，原来你这么幼稚啊！"一个黑瘦男生一脸不屑。

"哈哈，笑死我了，黑衣人这种传说你也信啊……"一个胖乎乎的女生不无夸张地大笑着道。

真的那么好笑么？还是……黑衣人在人们心里已经没有一席之地了？宁诗瑶感到痛心：为什么？为什么人们都不相信黑衣人

的存在，不相信他们最坚定、最有力的保护者了？

她压制着自己的情绪，缓缓站起身来："如果你们连黑衣人也不相信，只能说明你们的浅薄与无知。"

同学们看出了宁诗瑶的愤怒，他们不再笑了，但宁诗瑶听见前面有人骂了一句："有病。"

宁诗瑶从座位上站起身，径直向前排走去。同学们看到她的手猛地一抬，然后是"哗啦"一声，那个骂她的同学的桌子翻了，书本、文具稀里哗啦地洒了一地。

班里瞬间安静，静得能听见挂在教室墙上钟表的滴答声。大家已经习惯了宁诗瑶的沉默，谁也没想到她会做出这样的举动。

宁诗瑶自己也有些尴尬，但她只能一声不吭地走出教室，伏在走廊的栏杆上。

沉默中的爆发并没有给她带来快感，相反，她有些伤心。难道有关黑衣人的记忆就这样在人们的心中淡化了吗？难道拼命保护人类的黑衣人就这样成了人类的笑柄了吗？

宁诗瑶也不敢说自己真正见过黑衣人，之所以对黑衣人的传说深信不疑，是因为她一直有一段清晰的记忆，至于这段记忆是怎么来到她的脑海的，她也不知道，但是她可以确定，不是父母或者别人告诉她的。

那是一段抹之不去的记忆：

大约十岁的时候，有一天深夜，她一个人走在大街上，突然背后有人用刀顶住了她的脖颈，尖利的刀锋似乎把她的皮肤刺破了，生疼。她不敢回头，却分明闻到了一股令人窒息的臭气，似乎不是普通人类发出的。那人逼着她向前走，她很恐惧，却不得不服从。这时，一道黑影与她擦肩而过，两道寒光闪过后，她身后出现了一大滩鲜血，顶住她脖颈的那把刀也掉在地上，发出清脆的响声。这时她还没有失去意识，她知道自己已经安全了。

后来发生了什么她不知道，大概是昏过去了。当她醒来时，已经躺在了自己家里，颈上似乎还有些隐隐的疼痛。

宁诗瑶一直不敢相信那段经历是真的，她一直很胆小，不可能在深夜独自出门。她也旁敲侧击地询问过自己的父母，他们也说她从未在晚上单独离开过家。

那段经历是梦吗？也许是。可宁诗瑶对它的记忆却清清楚楚，好像就发生在昨天一般历历在目，这不可能是模糊的梦境。她早就听说过黑衣人的传说，因而她确信黑衣人一定真真切切地进入过自己的生活。

因此她相信这个世界上有黑衣人，相信到固执的程度。

此时伏在栏杆上的她分外难过，她不明白，为什么一直在保护人类的黑衣人在人们心里却是一个“天方夜谭”？

教室里仅仅安静了几秒钟，便又喧闹起来了，中间似乎还夹杂着针对宁诗瑶的窃窃私语。

宁诗瑶不想再有什么反应，她只是默默回想着那些往事，漠然望着遥不可及的天际。她忍着自己就要夺眶而出的眼泪，只觉得分外孤独……

三

初遇黑衣人(一)

宁诗瑶放学回到家,家里一片漆黑。她打开灯,看到餐桌上有一张纸条:“诗瑶,我和你妈要出差五天,在家里好好学习,注意安全。”

宁诗瑶的父母经常出差,因此她已经习惯了自己一个人在家。父母对于事业的忙碌使她渐渐变得自立,尽管偶尔还是会有一丝孤寂从她心里划过。

苏羽曾开玩笑说宁诗瑶“缺爱”,虽然听后有一点不悦,但宁诗瑶觉得她的话不无道理。先爱才能被爱,可除了父母,宁诗瑶还能爱谁呢?她是个生性悲观的女孩,悲观让她早熟,可成熟得早了只能让她更早地明白人类的一些阴暗面,然后不由自主地想躲开周围所有的人以防暗算。这种状态的宁诗瑶还能去相信谁、去爱谁呢？因此她只能忍受孤独，孤独地度过每一天。然而孤独中的她也有期盼，她盼望着能再次见到黑衣人，最好是成为黑衣人，如果有同生共死的搭档和朋友，自己就不会如此孤独了吧？

墙上表的指针指向了十点，她想到家里还有一袋垃圾，已经发出难闻的气味，她觉得还是赶快送到楼下的垃圾桶去为好。

她提着那袋垃圾下了楼，楼下的灯没亮，小区里很黑，附近有一个管道漏水了，发出滴答滴答的声音，很容易让人联想到恐怖电影里的滴血镜头。宁诗瑶感到脊背一阵阵发冷，她迅速把垃圾丢进垃圾桶，转身准备上楼。

就在她转身的一刹那，灯亮了。在昏暗灯光的映照下，在对面的墙上，她看到了一个黑暗的影子，那般庞大，看形状似乎不是人类。

宁诗瑶闪电般地转身——身后什么也没有。

但她并没有放松警惕，那个黑影真真切切，不是幻觉。

她把手缓缓伸进裤兜里，如果没记错的话，那里面有一把水果刀。宁诗瑶平时沉着冷静，但骨子里是个极端的人，到了关键时候，她甚至会不要命。

手触到了那把小刀，她做了一个深呼吸，努力平静着自己怦然跳动的心。

果然，一个庞大的黑影蠢蠢欲动。

宁诗瑶的额头上渗出了汗珠，因为她看到了那个黑影的眼睛在黑暗中发出阴森的光。

她的手开始发抖。

黑影完全露了出来:这是什么?是猪?熊?或是由其他猛兽变异成的怪物?它全身黑毛,目光凶狠,体积是宁诗瑶的好几倍。

那黑影张开嘴,露出了尖利的牙。

宁诗瑶的腿开始僵硬,她想跑,却迈不开步子。她的大脑一片空白,无法思考。

对面的猛兽发出阴森森的笑声,声如洪钟。

猛兽又叫了几声,而后向她扑来。

“完了!”宁诗瑶在心里无力地喊了一声,不由自主地闭上了眼睛。

不,还没完。

一道黑影闪电般掠过,一把拉开宁诗瑶,使她避开了那猛兽的袭击,而后黑影纵身一跃,带着她瞬间跳到了楼顶上。宁诗瑶还没反应过来,猛兽也跳到了半空,一道火焰向着黑影的面门袭来,那黑衣人敏捷地一侧身,火焰与他擦身而过,扑在对面的墙壁上,随即熄灭。

“嚓嚓!”两道寒光闪过,猛兽的喉部喷出了鲜血,它重重地摔在地上,慢慢合上了眼睛。

宁诗瑶此时才反应过来:救自己的是黑衣人!她的恐惧感忽地消失了,身旁的黑衣人使她感到安心。

像是知道了她心里所想，黑衣人冲她点点头，而后拉着她跳下了楼顶。

那猛兽确实死了，化成了一堆火焰，燃烧着。宁诗瑶注意到那火焰触到了旁边的树，树却并没有燃烧。

火越烧越小，宁诗瑶闻到一股焦臭味，她掩住口鼻。

"你没事吧？"黑衣人对她说，但并没有看她，依旧盯着那堆火，直至它完全熄灭。

"没事。"宁诗瑶刚刚说完这句话，便有一阵晕眩感，不由自主地向前栽了两步。旁边的黑衣人扶住她："你又要晕倒了吧？"

"没事。"宁诗瑶努力笑了一下，"又？"

"不错，"黑衣人笑了笑，带着几分揶揄，"快晕倒的人居然还能注意到这个字眼。"

"这次我不会晕倒的。"宁诗瑶低低的声音还有些虚弱。

"你再站在这儿可能就要晕倒了，"看出宁诗瑶的倔强，黑衣人正色道，"你家离这儿远吗？"

"就在后面那栋楼上。"

"家里有大人吗？"

"有，"下意识地回答后，宁诗瑶停顿了一下，"不，没有。"

"究竟哪一句是真的？"黑衣人歪歪嘴角。

"家里没人。"

"介意我送你回去吗？"

"当然不，如果你不嫌麻烦的话。"

“没什么麻烦，这是我该做的。”

“谢谢。”宁诗瑶微笑了一下，而后转过身，她特意看了一下对面的墙，没有猛兽的影子，她轻轻舒了口气。

到了家门口，宁诗瑶打开门，黑衣人看着她走进屋里，说道：“我想我现在可以离开了。”

“真的谢谢你。”宁诗瑶回过头。

“没什么。”话音刚落，黑衣人瞬间消失了。

宁诗瑶早就猜到黑衣人是有魔法的，因此她并不惊讶。当她转过身时，突然看到一双眼睛，在黑暗中发着绿幽幽的光，竟和那猛兽的目光一样邪恶，就在她面前。

“啊！”宁诗瑶发出一声令人毛骨悚然的尖叫。

四

初遇黑衣人(二)

眼前黑影一闪,那双令人恐怖的眼睛消失了。

“出了什么事?”说话的依然是那个黑衣人,他好像并没有离开。

“有一双眼睛,发着光,就在我面前。”宁诗瑶的话音有些颤抖。

“它想攻击你吗?”

“好像,好像没有攻击我的意思。”

“那不用担心,很可能是黑衣神的密探。”

“黑衣神? 是你们黑衣人的首领吗?”宁诗瑶惊魂未定地问出了这个傻傻的问题。

“你不必再问了,”黑衣人说着拿出一串手链,“戴上它,普通的猛兽或怪物就伤不了你。”说着他转身准备离开。

“你要走?”宁诗瑶上前一步拽住他。

“你现在很安全,那串手链会保护你。”

“可你说它只能防御普通的猛兽或怪物呀!”

“你真是个麻烦的女生,”黑衣人皱皱眉,“你想怎样?”

“让我跟着你。”

“那很危险!”

“总比我自己在这里安全。”宁诗瑶望了望门外,她觉得哪里都有可能出现攻击她的怪物。

“我还有重要的事做。”

“什么事?”

“我的职责很隐秘。”

“什么神秘的职责?告诉我吧,我保证不会和任何人说,我是一个沉默寡言的人。”

“我没看出来,沉默寡言的人一般不会和同学发生争执,更不会掀桌子。”

“你怎么知道这件事的?”

“别忘了我是黑衣人。”说这话时,黑衣人的神态有些变化,宁诗瑶隔着蒙面黑巾看出他露出了骄傲的微笑。可以看出,他以自己的身份为傲。

“那是因为他们不相信你们。”宁诗瑶语气不平地说。

“我们早就不被人类所相信了。”

“难道你不在乎？”

“已经习惯了。”黑衣人沉默了一下，淡淡地道。

宁诗瑶心里有些隐隐的难过，人类对黑衣人的淡漠黑衣人自己知道，他只得以自以为傲来安慰自己。

“还是带我一起走吧。”

“让你家长回来时面对空空荡荡的屋子不大好吧？”

“他们出差五天。”

黑衣人沉默了。

“带我离开吧，”宁诗瑶几乎在哀求，“既然派了密探，他们就一定会再来攻击我的。”

“他们不会派很厉害的手下，毕竟你是人类。”

“我知道，可是……”

“你让我带你走究竟想干什么？”

“我害怕。”宁诗瑶的确害怕，但她想和黑衣人一起离开不仅仅是因为害怕。

“除了害怕还有什么原因？别瞒我。”黑衣人双目如电，紧紧盯着宁诗瑶。

“你好像什么都知道。”

“别忘了我是黑衣人。”那人眼角又露出骄傲的神态。

“我想像你一样。”

“像我一样时刻处于险境又不被人理解吗？”

“这听起来很可怕，但我愿意。”

“你已接触过危险，难道你不恐惧吗？”

“我没有晕倒。”说这话时宁诗瑶语气里带有一丝骄傲。

“那是因为你在几年前已经晕倒过一次。不过，那时你只是个小孩。”

宁诗瑶猛地抬起头，十岁那年的经历在她的头脑中闪现出来：那道风一般的黑影，宝剑出鞘时带来的寒光，给人坚毅果敢的安全感。那次救她的人与面前的黑衣人合而为一。宁诗瑶急切地问：“那次救我的黑衣人是你？”

“是的，很高兴你还记得。”

“这么说那次经历是真的？”

“嗯……也可以这么说。”

“什么意思？”

“我一会儿会和你解释的。”

“这么说你愿意带我离开了？”

“和你打交道真累。”黑衣人似乎无奈地微笑着摇了摇头，“把手链留到家里，它会保护这里的居民。还有，天明之前我必须把你送回来。”

五

黑龙背上

黑衣人一只手抓着宁诗瑶腾空而起，瞬间跃过几栋楼，而后落在一栋高楼的楼顶，一条黑龙正等着他们。

“这是我的助手，”黑衣人说着带着宁诗瑶上了龙背，“黑龙，带我们回魔镇。”

黑龙腾空而起，宁诗瑶只觉得耳边呼呼生风，她偏着头看着黑衣人，希望他能说上一两句话。

“那个，可以告诉我了吗？”

“什么？”黑衣人并没有看她，只是凝视着前方。

“那次晕倒的经历。”

“好吧，只要你相信。其实那件事并不是发生在真实的世界

里,而是一场梦。但那是一场被注入了黑暗力量的梦,甚至梦中你的经历会影响到现实。"

"也就是说,如果那次你没有救我,我在真实的世界中也会死去?"宁诗瑶有些后怕。

"的确是这样,"黑衣人继续讲述着,"那次挟持你的是黑衣神手下的将军狞狼,他想把你当作补品献给黑暗城堡里的黑衣神。那是一次危险的经历,如果我不及时阻止他,你会被黑衣神杀害。他在一次战斗中受了伤,需要人类的血液恢复元气。"

"他想喝我的血?!"宁诗瑶感觉后背一阵阵寒气,嗓音颤抖。

"的确如此。"黑衣人的语气相对平淡。

"黑衣神是谁?难道他不是你们的首领?"宁诗瑶疑惑地问道。

"你的问题真多呀!"黑衣人平淡的表情瞬间变得严肃起来,"黑衣神是我们的对手,同时我们也是他的心腹大患。他想统治世界,而我们一次次地阻止了他。"说到这里,黑衣人的神情又发生了变化,虽然黑巾蒙面,但宁诗瑶能猜出此时他又一次露出了骄傲的微笑。

"黑衣神为什么总盯着我不放?"

"你对人类怀有的怨恨是他所需要的,这是他黑暗力量的来源。"

"这么说是我把那怪物招来的?"

"的确如此。"

"对不起,"宁诗瑶低下头,"我没想到会给你添这样的麻烦。"

“我并不在意，如果你真心想维护黑衣人的话。”

“其实黑衣人还是很在意人们对他们的态度的。”宁诗瑶暗想。

“我们要去哪里？”宁诗瑶向四周望望。

“别问，快到了。”

的确快到了，面前是一片辽阔无垠的大海，海面上风平浪静。

黑龙一个猛子扎下去，宁诗瑶不由自主地闭上眼睛。

黑龙潜到海下，一条长长的水下通道自动形成，宁诗瑶紧紧抓住黑龙，生怕自己会掉下去。“放松！”黑衣人在背后扶住她的肩膀。

黑龙越潜越深，忽然，周边没有水了，黑龙轻轻落下，一转眼化成了一道黑光，进入了黑衣人的手腕中。宁诗瑶发现，黑光进入的地方，有一个黑色的梅花图案。

“跟我来。”黑衣人带着她，推开一扇门，进了一个小镇。

六

深海下的世界

已经很晚了,小镇黑漆漆的。

“这是哪里?”

“魔镇。我们住的地方。”

“你们住在海下?”

“你没想到深海下会有另一个世界吧?”黑衣人挑挑眉。

“的确没想到……现在我们去哪里?”

“拜访我的一个朋友。注意,她比较喜欢沉稳的人。”

“我觉得我就是。”

“也许你是,”黑衣人嘲讽似地歪歪嘴角,“但从你今天死缠烂打地要我带你走来看,你并不沉稳。”

"你——"

"好了,我们到了。"

黑衣人很有礼貌地敲敲门,门很快打开了,开门的是一个女生,看上去二十岁左右。"你去哪里了,奇诺?我问了很多人都找不到你。"

"原来他叫奇诺。"宁诗瑶心里嘀咕道。

"我去了人类世界,黑衣神出动了,你找我什么事?"奇诺对开门女孩说道。

"我就是要和你说黑衣神的事,先进来吧,"说着她看了宁诗瑶一眼,"这位是……"

"人类世界的一个女孩。"

"奇诺,把人类带到这里可不符合你一向谨慎的风格,"女生皱起眉头,"你确定她会对在这里看到的一切保密吗?"

宁诗瑶听出她语气里的怀疑,但她忍住什么也没说。

"今天晚上她受到了黑暗力量的袭击,所以跟了过来。"

"是吗?"女生挑了挑眉,"但以你的能力完全可以使她安全地呆在人类世界,不是吗?"

奇诺笑了起来:"你说的没错,幻羽,我带她来的真正原因是她想成为一名黑衣人。"

"这个女孩叫幻羽。"宁诗瑶边想边打量着女孩:个头高挑,肤色雪白,面容清秀,亮眼乌黑。

"哦?!"幻羽诧异地重新打量了宁诗瑶一眼,"这样的人非常少见。”说着她犹豫了一下,把宁诗瑶和奇诺让进屋里。

“你还记得死亡之花的传说吗?”在沙发上坐定后,幻羽直视着奇诺,目光中透出一丝忧虑。

“我知道,可那只是个传说啊。”奇诺淡淡地说。

“黑衣神相信那是真的,并且他似乎已经开始着手寻找。”幻羽话语里带着急切。

“如果我没记错的话,传说中死亡之花生长的地方是远古的一片森林。”奇诺扭头看着幻羽说道。

“那你应该也知道,想去那片森林就应该先找到人类世界都市里的水晶钥匙。”幻羽语气似乎更加急切。

“是的。”奇诺若有所思地点着头答道。

“黑衣神在寻找,但他的寻找方式已经给人类世界带来了麻烦,”说着幻羽的目光转向宁诗瑶,“奇诺可能已经跟你说了,一旦人类心里有了消极的情绪,黑衣神就会派手下把他抓过来,然后通过吃掉他来增强自己的能量。当他的能量提高到一定程度时,他便可以感应到水晶钥匙。奇诺一直在保护你们人类,阻止黑衣神,但黑衣神却始终不曾放弃。”说着幻羽的语气中多了一些责备,“如果我没猜错的话,今晚你就是因为这个才受到攻击的。”

“我……我很抱歉给奇诺添了麻烦……”宁诗瑶的脸涨得通红,她能感觉到这个漂亮女孩对她的不欢迎,但她现在却无力反驳,只得默默忍受。毕竟,幻羽和奇诺才是这里的主人,而她只是一个“闯入者”罢了。

“你也认为死亡之花和水晶钥匙的确存在吗?”奇诺看了宁诗瑶一眼,而后转向幻羽问道。

“这我并不清楚,但无论如何,我们必须阻止黑衣神对人类世界的破坏!”幻羽表情严肃地说。

“这我知道,明天晚上我会多带几个人监视黑衣神的行踪。”奇诺回应道。

“我已经安排了,黑暗古堡中一旦有动静,我会马上通知你。这是我刚刚制作的联络器,我们用它联络。”幻羽说着拿起旁边桌子上的一个小型仪器。

宁诗瑶知道这不是她可以随便说话的地方,但她还是忍不住插嘴:“如果奇诺需要在人类世界活动,我想我可以帮他。”

“奇诺,这就是你说的想成为黑衣人的人类女孩吗?”幻羽好像带着很大的气,“初来乍到就随便插话,好像她很了解这里似的。”

“我……我只是想帮忙而已。”宁诗瑶只感觉自己头脑里发热,她冲动地抬起头,直视着幻羽的眼睛,“我想做像奇诺那样的黑衣人,我并不觉得这个想法有什么错。”

“虽然我不知道你究竟是什么样的人,”幻羽的眼光似乎带着几分轻蔑,“但我敢肯定你不了解黑衣人,也不清楚自己究竟是什么水平,否则你不会如此轻率地说出这句话,做黑衣人是要冒生命危险的,可笑你还以为这是小孩子过家家!”

“你……”宁诗瑶“腾”地一下站起身来,却被奇诺一把拉住。

“今天就先说到这吧。”说着奇诺也站起身来。

幻羽将奇诺和宁诗瑶送出来，而后在里面重重地关上了门。

“不错嘛！”奇诺讥讽地歪歪嘴，“不知道我是不是不该带你过来。”

“对不起。”此时宁诗瑶已经冷静下来，她低着头。

“也不能全怪你，”奇诺的口气缓和下来，“幻羽一向对人类不抱好感，你们有冲突也是我早就预料到的。不过……”说着他顿了顿，继续说道，“如果你以后的表现不让人失望，幻羽会接受你的。”

“这么说你愿意让我跟着你了？”宁诗瑶抬起头，眼中出现了亮色。

奇诺默而不语，其实他心里也没底。他还不完全了解宁诗瑶，不知道她究竟是不是自己想找的帮手，不知道她是不是只是图一时新鲜才要求跟着他……按照奇诺一向沉稳的风格，他是不会让这样一个对他来说有着太多未知的女孩跟在他身边并了解他的世界的，但是——

太久了，奇诺一个人肩负着保护人类的任务真是太久了，虽然在魔镇有志同道合的伙伴，但在人类世界他一直是孤军作战，虽然表面上装着不在意，但在内心深处，奇诺也很希望自己在人类世界能有一个并肩作战的搭档。面前的女孩，自己已经两次救过她的命，而且他能看出她一直坚信着黑衣人的存在，他不知道这是不是一种缘分，是不是命运故意的安排。所以，他想给宁诗瑶，也给自己一段时间，好好想想，好好考察考察。

奇诺想着心事，一时有些沉默。

“奇诺是你的名字吗？”宁诗瑶好奇地问道。

“是的。”奇诺点了点头。

“你们说的死亡之花是什么？”宁诗瑶紧接着问。

奇诺停顿了一下：“你今晚知道的已经挺多了。”

“但我想更多地了解一下。”宁诗瑶好奇且真诚的眼神似乎不容奇诺拒绝回答她的问题。

“好吧，既然你这么好奇，我就给你说说，”奇诺叹口气，“在很久以前，邪恶的血神与当时最强大的种族精灵族曾有过一场恶战，他们打得昏天黑地，却一直分不出胜负，后来血神种出了一种花，它能给所有生命带来灭顶之灾，因此人们叫它死亡之花，死亡之花给精灵族带来了很多灾难，然而当血神快要胜利的时候，精灵王，噢，也就是精灵族的首领，研制出了一种能加速花朵枯萎的药物，那种药物摧毁了死亡之花，精灵族也因此打败了血神。”

“这么说死亡之花已经被摧毁了？”

“听我说完，”奇诺皱皱眉，对宁诗瑶打断他的话有些不悦，“打败血神的几十年后，精灵族出现了一个叛徒，他本领高强，想篡夺精灵王的宝座，当他谋划着反叛的时候，偶然发现了一朵死亡之花，他用它杀死了许多精灵。但死亡之花是血神制作的，因此即使那个反叛的精灵是死亡之花的持有者，死亡之花也会慢慢置他于死地。他死后，精灵王给死亡之花下了咒语，而后把它扔下了悬崖。”

“这么说还有一朵死亡之花没有被毁掉？”

“是的。”

“不是有摧毁死亡之花的药吗?”

“药早就用完了,药方在那场叛乱之前就丢失了,而精灵族的人在战斗结束后就不知所踪,据说他们已经离开这个世界去隐居了。”

“原来是这样,黑衣神在寻找死亡之花吗?”

“是的,死亡之花因为被精灵王下了咒,它永远地留在了那个时代,因此想找到它,就必须要先找到水晶钥匙,开启通往那个时代的大门。”

“水晶钥匙在哪里?”

“我也不清楚,但传说它在人类世界。”

“这么说我能帮上你?”

“这倒是没错,但你参与多了于你不利,过了今夜,你还是回归你正常的生活吧。”

宁诗瑶抬起头:“你真要我离开吗?我想你在人类世界找东西是需要我的帮助的。”

奇诺沉默了一会儿:“也许你会为你的冲动而后悔的,成为一名黑衣人非常危险,随时都可能牺牲。”

“我不会后悔的。”

“你很难缠。”

“那是因为我相信黑衣人。”

“好吧,这件事以后再说,”奇诺放缓了口气,“但现在我必须把你送回去，天还没亮，不会引人注意。”

“好吧。”宁诗瑶有些不情愿地说。

两人跳到黑龙背上，在夜色的掩护下飞驰而去。

七

黑暗客轮

宁诗瑶回到家，躺在自己的床上，把玩着奇诺先前送给她的那串手链，回想着海底之行，她不敢确信自己是不是在做梦。

她一直相信有黑衣人，但她没想到，自己居然能面对面地与黑衣人接触，并且进入了他们的世界。她有些兴奋，但更多的是紧张——只有经历过死亡的人才知道它是多么可怕，知道能活着是多么幸运。奇诺也明确地告诉过她做黑衣人是有生命危险的。宁诗瑶有些胆怯，她不想把自己的生命弄得岌岌可危。她心里有些矛盾，甚至有点想退缩，她知道，奇诺会理解她的感受。

她多年来一直喜欢想象自己成为黑衣人，一直就盼着自己能见到黑衣人，而现在就有这样一个机会，她不愿意轻易放弃，况且是她告诉奇诺自己想成为黑衣人，他才把自己带进了魔镇，这么快就想退缩，好像有点……

先前的紧张和疲惫使宁诗瑶很快就睡着了，当她醒来时，天已大亮。

她走出家门，在小区里转悠。今天是周末，一群孩子一边荡秋千一边咯咯笑着，几个老人坐在小马扎上，天南地北地聊着天，几只狗在旁边嬉闹着，浓密的树叶将阳光裁剪成一个个金色的小点，随意地散在地上。

涉足过生死分界线的宁诗瑶，突然觉得哪怕一生孤孤单单、毫无波澜，只要能平静地活着也是好的。因此，今天的她对这司空见惯的景象格外珍惜。

这时海洋上没有一丝阳光，阴着天，大风呼啸，卷起层层海浪。

海下在微微地颤动，许多海底居民走出门来。

"幻羽，这是怎么回事啊？"奇诺问。

"我也不知道，我猜有黑暗力量在海上。联络器失效了，我上去看看。"

"太危险了，我和你一起去。"

"不行，你留在这里，我穿隐身衣上去。"

"那你要小心。"

幻羽披上隐身衣，这是她用魔法制作的，只有她自己有。

她伸出手腕，手腕上迅即出现一条白龙，出现白龙的位置与奇

诺在手腕上收回黑龙的位置是一样的，不同的是，幻羽的手腕上没有梅花标记。

幻羽骑上白龙，冲出海面。

暴风还未停息，但已有所减弱。在层层浪花中，幻羽看到一艘巨大的客船，她仔细望去，客船周边包裹着一层黑气。

“果然是黑衣神的人。”她露出一丝冷笑，白龙隐遁，她跳上客船，小心地四处张望。路经一间客房，她闻到一股腐臭味。门没锁，她轻轻推开门进来，房里赫然堆着一堆白骨！

这时门外响起极轻的脚步声，她一闪身贴紧屋内的墙壁。屋内伸进一个火把，而后进来的是一具骷髅，它四下张望着，显然它看不见穿着隐身衣的幻羽。

幻羽在骷髅转身要走时，一把夺过它的火把扔在地上，而后掐住他的脖子。

“这堆白骨是怎么回事？”幻羽厉声问道。

骷髅被这突如其来的攻击慑住了，结结巴巴地回答：“是，是黑衣神大人吃剩下的，都是，都是人类的骨头。”

“你们来这里要干什么？快说，否则要了你的命！”

“是，是黑衣神大人要带我们骷髅大军去烈焰火山，唤醒焰魔。”

焰魔?！幻羽猛地抬起头，她知道焰魔。几年前，焰魔曾攻击魔镇，那是一场恶战，虽然最终焰魔被扔进了火山并被封印，但那场战争也使无数魔镇的同伴牺牲了性命。因此时至今日，海下的很多人提到焰魔还心有余悸。

就在幻羽惊异的片刻,骷髅想挣脱她的手逃走,幻羽一把拧断他的脖子,而后将它的尸体狠狠扔进了那堆白骨中。

这时幻羽听到了一阵号角声,似乎是骷髅们集合的号令。她隐身在门后,虚掩着门,看着一具具骷髅从门口跑过。她整理了一下隐身衣,跟在最后一具骷髅后面,来到一个宽阔的地厅房里,厅房前面是一个高台。

坐在高台上的是一个黑袍人。"黑衣神!"幻羽判断着。黑袍人身上的黑气虽然不是很浓,但仍然让幻羽看不清他的脸。

此时,黑袍人正在大声地发表着"演讲":

"黑暗世界的子民们,很快,世界将被我们征服!"

下面发出一阵欢呼声,幻羽静听着他的下文。

"很快,我们将到达烈焰火山,焰魔会给我们力量,死亡之花将会被我们紧握手中。到那时,我们不用再待在黑暗古堡里,魔镇和人类世界都将被我们踩在脚下!"下面发出更加疯狂的欢呼声。

幻羽缓缓拔出腰间的佩剑。"此时黑衣神没有防备,这是杀死他的好时机。"她心里想着,眼睛紧紧盯着黑袍人。

"住手!"这低沉但清晰声音发出的同时,一只有力的手将她拉入旁边的黑暗角落,"那不是黑衣神,只是他手下的一个头目,真正的黑衣神还在古堡里。"

幻羽定睛一看,正是奇诺,一身骷髅打扮。

"你不该来这里,"奇诺的眼中有一丝责备,"如果被它们发现,你就是有来无回。”

“它们看不到我。”幻羽向黑袍人的方向偏了偏头，集会还没结束。

“这是你的新发明吗？”

“是的，”幻羽轻抚她身上的衣服，“有黑暗力量的人看不到我，但你可以。”

“但我猜这件衣服防不了被注入黑暗力量的显形镜。”

幻羽猛地抬起头，这时一具骷髅跌跌撞撞地跑进来，大喊道：“堆放白骨的房间有领队的尸体！”

黑袍人一伸手，显形镜发出的耀眼光芒使奇诺和幻羽暴露无遗。

黑袍人一挥手，气急败坏地喊：“杀了他们！”

“快走！”

奇诺和幻羽夺路而逃，几起几纵，便脱离了显形镜的视线，跳上了船的顶部，幻羽执剑在手，奇诺也拔出剑，周围向他们跑来的骷髅被劈得横尸乱飞。奇诺一剑砍断桅杆，不计其数的骷髅被压得不能动弹。

骷髅大军抬着被魔法放大的显形镜赶过来，一阵白得耀眼的光向他们射来，使奇诺和幻羽几乎睁不开眼睛，只是隐约看到，白光中似乎有许多箭向他们飞来。

“幻光之箭！”奇诺拉着幻羽跳开，幻羽奋力将手中的剑扔过去，正中显形镜的中心，一声脆响，显形镜的光芒消失了，镜子上出现了裂痕,随即“喀拉”一声,镜子碎了。幻羽一挥手,剑又回到她手里。

“快走!”

奇诺一把拉住幻羽,两人双双跳入海底。

八

血液的保护

用最快的速度，奇诺和幻羽潜入了海底。

“这次太冒险了。”奇诺轻轻喘着气。

“我们不能回魔镇去，黑衣神会搜到那里。”幻羽接着说道。

“对，现在我们必须把魔镇隐蔽起来，不能让黑衣神搜到，”奇诺仰起头，透过海水看到海上一股黑气正在扩散，“他们已经开始寻找我们了，这样搜下去他们会找到魔镇的。”

“要不要回去通知魔镇的居民？”幻羽不无担忧地问道。

“不，来不及了，”奇诺用不容反驳的语气说，“我去把他们引开，你快回去查看资料，找到能躲开显形镜的隐蔽魔法，显形镜的碎片照样能找到那个小镇的。”

幻羽来不及阻止，奇诺身上已发出光芒，浮到近岸的海面。他停留了片刻，而后一纵身跳到了岸上。果然，黑衣神的手下被吸引了，全部陆续到了岸上。奇诺一闪身进了海边的树林，黑衣神的手下们尾随着他，也都涌进树林。

幻羽深吸了一口气，飞进了她在小镇上设置的资料库，很快找到了有关资料。她的脸上露出了微笑，然而当她翻开书页时，她的微笑瞬间凝固了。

上面赫然写着："显形镜能使一切有关隐形的魔法失去作用，唯一的破解之法是人类的鲜血。"

"人类的鲜血！"幻羽猛地抬起头。

她拿起联络器，将结果告诉了奇诺。

此时奇诺正穿梭于树林之间，身后骷髅们在紧紧追赶，它们兵分两路，一路在后面追赶，另一路抄小路赶在前面，很快将奇诺拦在中央。奇诺没有丝毫犹豫，他挥动手臂，一道道寒光下，骷髅们的头颅、肢体横飞出去，然而骷髅越聚越多，奇诺左支右绌，身边险象环生。

在这千钧一发之际，有两道黑影飘然而至，一条鞭子左右飞甩，一把利剑上下翻飞，周围的骷髅大军顷刻被消灭干净。

奇诺定睛看来帮他的两个人，是魔镇魔法学校里两个最出色的学生，一个叫茗轩，一个叫雪儿。

"是幻羽让我们来的。"两个学生恭敬地对奇诺说。

"幻羽那里有结果了吗？"奇诺现在最担心的，是魔镇的安危。

"她说她已经用联络器向你通报了结果。"

奇诺拿出联络器，看到了幻羽向他传送的信息。他猛地抬起头："人类的鲜血？只有这一个办法吗？"

"是的，幻羽说只有这一个办法，如果不这样，魔镇就会被他们用显形镜搜出来。"雪儿看着奇诺回答道。

奇诺沉默了。

宁诗瑶正在家里写着作业，虽然奇诺告诉过她，白天黑衣神的手下不会来袭击她，但她依然带着那串手链。

"咚咚咚。"忽然响起了急切的敲门声。

宁诗瑶打开门，是幻羽，她不禁愣了一下。

"幻……幻羽姐姐，你找我？"

"叫我幻羽就行了，"即使是有求于宁诗瑶，幻羽的表情仍然是冷冰冰的，"你说过你想做黑衣人是吗？"

"是的。"

"有一件事，我们需要你的帮忙。"

……

"咚咚咚。"门外又传来一阵急急的敲门声，宁诗瑶打开门，正是奇诺。旁边还有两个不认识的人，看起来年龄比奇诺小。

"奇诺你来了。"

"幻羽是不是来这里了？"

幻羽应声起身："我和宁诗瑶都说了。"

奇诺的眉头皱了起来："真的必须这么做吗？"

“是的，这是唯一的办法。”幻羽态度坚决地答道。

“你都知道了？”奇诺转身问宁诗瑶。

“是的，我都知道了，”宁诗瑶答道，“我已经答应幻羽了。”

“这样很危险！需要的血液很多，失血过多会危及生命！”

“我知道……”

奇诺叹了一口气。幻羽的眼神也有些暗淡，但随即坚定地说：“我们别无选择。”

“我的魔法也许可以帮她，”雪儿插进话来，“我学习的治愈魔法，应该能保住她的性命，但是她会因为失血过多而感到虚弱。”

宁诗瑶死死咬着下唇不说话。

“她不会死！”奇诺眉头紧皱，声音低沉，“我会为她输送能量。”

“恐怕不行！”幻羽走近奇诺，轻声道，“如果失去的能量过多，你也会生命垂危的。”

“别忘了我是黑衣人，”奇诺正色道，“保护人类是我的职责。”

五个人在宁诗瑶家里静静地站着，空气仿佛凝固。

“时间不早了。”幻羽抬起头来，打破宁静说道：“我们快行动吧。”

五个人很快来到魔镇的医护室。宁诗瑶躺在床上，闭上眼睛。幻羽握住她的手，感到了彻头彻尾的冰凉，她轻轻叹了一口气，用刀割破了宁诗瑶的手腕。

红色的液体源源不断流了出来，被盛在一个大玻璃杯里。

宁诗瑶的脸色开始变得苍白，她听到自己的血液冲击玻璃的声音，但不敢睁开眼睛。

雪儿抓住宁诗瑶另一只手的手臂，给她施加治愈魔法，能量在宁诗瑶体内流动着，缓冲着她生命的消耗。

玻璃杯慢慢被红色液体盛满，杯子同时也开始渐渐变大。

幻羽还没有停下来的意思。

“还需要多少？”奇诺急切地问道。

“还需要这么多。”幻羽答道。

“这会对她造成极大的伤害！”奇诺上前，推开站在他前面的雪儿，抓住宁诗瑶的手臂，一股更为强大的能量被注入她的体内。

“可以了。”幻羽吁了一口气。

宁诗瑶睁开眼睛，第一眼看到的就是面前那被盛得满满的硕大玻璃杯，里面红红的液体，全是她的鲜血，她感到一阵晕眩，恶心想吐。

奇诺扶着她的胳膊，她艰难地起身，感到浑身无力。

雪儿跑过来扶着她，再次给她注入能量，关心地问道：“你好些了吗？”

“好多了，谢谢。”宁诗瑶虚弱地笑笑。她眼前有些发黑，毕竟是头一次见到这么多血，而且是她自己的。

“她现在很虚弱，雪儿和茗轩留在这里照顾她，幻羽，我们快去给魔镇设置保护能量。”

奇诺让茗轩扶住宁诗瑶，自己和幻羽匆匆离开医护室。

“你还好吧？”雪儿小心地扶着宁诗瑶坐下。茗轩倒了一杯水，放在宁诗瑶旁边的桌子上。

“你们是……”她看着雪儿和茗轩，这两个人对她都很友好，但她觉得还是有奇诺在身边更踏实。当然，她知道奇诺现在有更重要的任务。

“介绍一下，”雪儿笑起来有两个小小的酒窝，很漂亮，“我叫雪儿，他叫茗轩，我们都是魔法学校的学生。”茗轩似乎不喜欢说话，他只是微笑着看着宁诗瑶，友好地点点头。

“魔法学校？”宁诗瑶从来没有听奇诺说过这样一个学校。

“是的，那是我们魔镇的学校，我是那里最好的学生。”雪儿脸上流露出骄傲的神情，“很小的时候我就立志，要成为像奇诺那样的黑衣人，等从魔法学校毕业这个愿望就会实现了。”

“真羡慕雪儿呀！”宁诗瑶暗暗想着，雪儿生在魔镇长在魔镇，可以从小学习魔法，长大后便能成为黑衣人，而自己身为人类，要想踏入魔法世界，注定要经受更多的考验吧。

“雪儿，你太大言不惭了。”茗轩有些不服气地反驳着，“你是最好的学生？我记得有好几次我的成绩比你好的。”

雪儿嘻嘻笑着：“那又怎么样，大部分时候你都不如我的。”

茗轩白了雪儿一眼：“总有一天我要让你仰慕我。”

雪儿吐吐舌头：“等下辈子吧！我看你啊，这辈子没什么希望了。”

“切！”茗轩有些尴尬地别过头去。宁诗瑶忍不住笑出声来。

雪儿眨眨眼睛：“诗瑶你别介意哈，我们在一起的时候很喜欢这样吵的。”

“没什么，我觉得挺有意思的。”

“行了雪儿，”茗轩终于扭过头来，“奇诺让我们照顾宁诗瑶，可你总像个三岁孩子一样烦人。”说着他端起那杯水，“喝点水吧，别老听雪儿胡扯。”

宁诗瑶感激地朝茗轩笑笑，接过杯子，喝了一小口。雪儿打了一下茗轩的头：“可不可以不要总是攻击我？”

“哈，是你先说大话的好吧，一大把年纪了，还像个不懂事的孩子。”

“你——，”宁诗瑶睁大眼睛，“一大把年纪？雪儿姐姐好像只有十七八岁的样子。”

“哈哈，是吗？”雪儿捂着嘴笑起来，茗轩也笑了，“我想奇诺还没有告诉你，在这里不要以外貌判断我们的年龄，不然你的判断会出错的。雪儿已经九十岁了，你应该叫她雪儿奶奶。”

“你说什么？！谁是奶奶，我看你是茗轩爷爷还差不多！九十一岁的老头子！”

两人还在斗嘴，宁诗瑶听得有些发愣。

“什么，你们都九十多岁了？！”

“是呀。”雪儿捂着嘴笑，“你肯定会吃惊，奇诺和幻羽都已经一百多岁了。”

“什么！”宁诗瑶的下巴快要掉下来了，“奇诺一百多岁了？”

“是的，但你只看他的外貌，肯定会以为他只是个二十多岁的人。"雪儿调皮地笑笑,"实际上奇诺比我和茗轩都老,他才是真正的老爷爷哦!"

"让你们照顾宁诗瑶,你们又在背后嘀咕我!"说话间,奇诺和幻羽回来了,"宁诗瑶好些了吗?"

"我好多了。"

"那就好,雪儿,我一会儿不在你就管不住自己的嘴!"奇诺就像雪儿的监护人一样瞪着她,"真拿你没办法,你就像个三岁的孩子一样烦人。"

听到这里,茗轩笑了起来:"刚才我就是这么说她的,还被她打了一下。"

幻羽忍不住也笑起来,向宁诗瑶解释道:"雪儿和茗轩是从小一起长大的,他们两个只要在一起就一刻也不得安宁。"

几个人都轻笑起来。"对了幻羽,魔镇保护起来了吗?"宁诗瑶有些担忧。

"放心吧,已经没事了。"幻羽露出友好的微笑,"这次多亏了你呢。"

宁诗瑶有些不好意思地笑了笑,雪儿亲密地搂住她的肩膀。

九

血人复苏

魔镇保住了,但幻羽从黑衣神手下客轮集会上得来的信息同样不容小视,他们必须阻止血人的复苏。这一次,奇诺决定带上宁诗瑶一起行动。

他找到宁诗瑶:“你认得烈焰火山吗?”

“认得,我曾去那里旅游过。”

“你知道那里有多少户人家吗?”

“不多,有五六户,都住在附近。”

“太好了,跟我来,我需要你的帮助。”

黑龙载着他们,很快来到了烈焰火山。两人站在烈焰火山的边上,面前是一个黑黢黢的洞口。宁诗瑶双手把着洞口,头往里面探。“别把头伸得太深，焰魔会上来吃了你。”奇诺翘翘嘴唇。

“什么？”宁诗瑶马上把头收回来，“真的？！”

“当然不是，”奇诺笑起来，“焰魔哪是那么容易就能唤醒的？”

“你……”宁诗瑶没想到黑衣人也会捉弄人。

“对了，黑衣神不是也要来这里吗？”宁诗瑶有些担心。

“他们啊，”奇诺轻松地笑了笑，“他们不会那么快就来的，他们不熟悉路。”

“那就好……你打算怎样疏散周围的居民？”

“由你一家一家地去通知。”

“你确定他们会相信我？”

“当然不会，看我的。”

奇诺手一挥，宁诗瑶顿时觉得身上湿漉漉的。她低下头，看到身上赫然一滩鲜血！她猛地后退两步，差点坐到地上，奇诺哈哈笑了起来。

“怎么回事？”她惊恐地看着奇诺。

“放心，这只是水而已，我的魔法使你产生了幻觉，周围居民看到它也会产生幻觉的。”

“唔，那就好。”宁诗瑶平静了一下心情，“我还以为又要出血呢。”

奇诺笑笑安慰她说：“放心吧，在你的身体恢复之前，我不会让你再流血的。”

“已经过了一周了，我已经基本恢复了。”

"还是赶快去干正事吧!"

"好吧,见到那些居民我该怎么说呢?"

"说火山上到处是猛兽,而且你受到了那些猛兽的袭击,要他们赶快撤离。记住,装得一定要像一点。"

……

宁诗瑶气喘吁吁地跑完了五家回来:"他们似乎都不大相信。"

"我早料到了,你抬头往上看。"宁诗瑶抬起头,瞳孔猛然放大了许多,火山上立着一只巨兽,血盆大嘴一张,发出巨大的吼声,似乎要把宁诗瑶的耳膜震破。

宁诗瑶有点懵了,上次她在夜晚遇到的那个差点要了她命的猛兽,和这只怪物比起来,根本就不算什么,这只怪物的嘴巨大无比,宁诗瑶不敢想象它把自己吞掉的样子。

宁诗瑶后退两步,奇诺撑住她的背。

"别紧张,这是我做的魔法幻像罢了。"

"幻像?"宁诗瑶回过头,"看起来比真的还要可怕啊。"

奇诺扭头眺望那几间稀稀拉拉的屋子。果然,居民们也看到了那只猛兽,听到了它震天的吼声,他们惊慌失措,匆匆逃亡。待他们逃远,奇诺收起魔法,幻影随之消失。

奇诺叹口气:"这给他们添了不少麻烦,但我们不得不这样做。"

宁诗瑶明白,如果等真的焰魔出现,这些居民肯定性命不保。

这时两道黑影在山间起起伏伏,带来呼呼风声,宁诗瑶循声望去，正是雪儿和茗轩。

“你们怎么来了？”奇诺皱皱眉，“来一个还好，两个一起来，耳朵又不能清净了。”宁诗瑶忍不住捂着嘴笑起来。

但这次雪儿没有和茗轩斗嘴，她皱着眉头，“幻羽刚刚发现一本预言书，”她神色有些凝重，“书上说焰魔很快就要复苏了。”

“哦？”奇诺上前一步，双眉一挑，“什么时候？”

“今天。”

“今天？！”宁诗瑶猛地抬起头。忽然她听到了一阵镜子碎裂的声音，似乎来自烈焰火山，声音很小很轻，但她听得很清晰，她有种不祥的预感。

她看了看奇诺三人，他们似乎都没有听到这个声音。然而接下来的声音所有人都听到了，是火山震动发出的巨大轰鸣。

“是焰魔！快躲起来！”奇诺拉住宁诗瑶的胳膊，向其他人发出警示。几个人跳下火山，躲在一块巨石后面，监视着烈焰火山的动静。

火山震动着，并且震动得越发剧烈了。终于，火山的顶部裂开了，幸好，没有岩浆喷出来。宁诗瑶大睁着眼睛，屏住呼吸，等待接下来将要发生的她难以预料的事情。

接下来的事情并不乐观，虽然没有岩浆，但她看到有个红色的怪物渐渐出现，它呲牙咧嘴，露出尖利丑陋的牙齿。

“是焰魔！”奇诺惊呼道。

宁诗瑶死死盯着它，胳膊有些发抖。

奇诺和茗轩的手缓缓放在腰间，眉头紧皱。雪儿不知何时已执鞭在手，她轻轻抚摸着鞭头，眼睛紧盯着焰魔。

“茗轩，把宁诗瑶带到魔镇去，”奇诺用余光瞟了茗轩一眼，“然后抓紧回来，我和雪儿抵挡不了多久。”

“好，你们小心。”茗轩拉起宁诗瑶，尽量不引人注意地猫着腰走到山的边缘，猛地跳了下去，宁诗瑶还没来得及尖叫，茗轩便已带着她几起几纵转眼间跨越了几座山。她回头望了望，焰魔并没有看到他们，她轻轻舒了一口气。

茗轩没有回头，他用最快的速度将宁诗瑶带回魔镇，交给了幻羽，简单说了下情况便要往回赶。幻羽拉住他，拿出一副弓箭，说：“带上这个。”

此时黑衣神还未到烈焰火山，焰魔孤军奋战却仍不落下风。它一掌向着奇诺和雪儿劈了下去，两人及时跳开，他们用来隐蔽的巨石已被劈得粉碎。

雪儿灵活地绕到焰魔的后面，一鞭狠狠地抽下去。奇诺也配合着雪儿的攻击举剑刺去，焰魔的鲜血潺潺流出。然而，这一击也激怒了焰魔，它一掌打过来，奇诺躲闪不及，重重摔倒在地。幸好，下面没有凹凸不平的岩石。

焰魔发出愤怒的吼声，而后恶狠狠地冲向奇诺。

雪儿发出一声惊叫，连忙挥鞭打去，然而被焰魔挡开了，焰魔一只前脚一扫，她重重摔在一旁。

焰魔冷笑了一声，厚重的脚狠狠对着奇诺踩下去，奇诺瞪大了眼睛，他的手猛地狠狠一推地面，身体滚了出去，焰魔的脚刚好落下，和奇诺仅差几十厘米，地面上旋即出现一个大坑，紧接着奇诺站起身，纵身几跳，避开了接踵而来的袭击。当他再次落在地上时，身体不停地摇晃、雪儿挣扎着跑过去扶住他："你还好吧？"

"我没事。"奇诺一把抹掉肩头渗出的鲜血。

"茗轩怎么还不来！"雪儿焦急地说着，眼睛仍然盯着焰魔。

这时，茗轩矫健的身影向这边奔来，手中多了张弓。他将弓拉开，一支箭飞似地射向焰魔，正中他的眼睛，焰魔捂着眼睛痛苦地嚎叫起来。此时焰魔的援兵还没到，雪儿和奇诺趁机抽身而上，双双向焰魔发起攻击。

此时焰魔突然渐渐缩小，变成了一个浑身血红的人形，双目通红。

雪儿和茗轩虽然以前和焰魔交过手，但他们从来不知道焰魔会有这样的变化，因此此时他们有些发愣，但奇诺很快反应过来，不能给焰魔反击的机会，他举起手中剑向焰魔刺去，茗轩也赶紧拉开弓，接连向焰魔射出几箭，然而拟人化后的焰魔比起刚才灵活了许多，它躲开了他们的攻击，雪儿拦住它的去路，用力挥动鞭子，焰魔口中喷出火焰，雪儿本能地跳开，同时手中鞭甩向焰魔。焰魔显然不敌三人的同时攻击，它抓住机会，跳过几座山，飞快地逃走了。

"快追！"雪儿和茗轩转身要追。奇诺拉住他们："没用的，焰魔的速度非常快，它很快会找到黑衣神，到时候你们会很危险。"

"可我们必须阻止它，如果黑衣神利用了它的能量，便会找到水晶钥匙的。”雪儿不无焦虑地说。

“它刚刚复苏就经历了一场战斗，能量会损失不少，现在我们要赶回魔镇，商量对策。”奇诺以命令的口吻答道。

十

鬼 镜

“血人复苏了？”幻羽瞪大眼睛。

“是的，而且现在它恐怕已经找到黑衣神了。”奇诺轻轻叹口气，“这是我的责任，我没能杀死它。”

“这不能怪你，”幻羽轻轻拍拍奇诺的肩膀，“焰魔虽然刚刚复苏，但它的能量却很强大。在它复苏前有什么征兆吗？”

“火山颤动，”雪儿回忆着，“顶部裂开，但没有岩浆。”

“还有吗？”

“我记得就这些。”茗轩说。

“好像……我还听到了镜子碎裂的声音……”宁诗瑶对那声音的回忆真真切切，但其他人似乎都没有听见那声音。

“镜子碎裂的声音?”

宁诗瑶点点头。

“可是我没有听见,”奇诺皱着眉头,“难道是……”

“是鬼镜?!”茗轩猛地抬起头。

雪儿则转向宁诗瑶:“你没有听错?”

“我想没有。”宁诗瑶坚定地摇摇头。

“如果这是真的……跟我来。”幻羽站起身来,其他几个人跟着她走进了她的资料库。幻羽取下一本书,找到关于鬼镜的记载:

“鬼镜已经有上千年的历史,它有蓝黑色边框与青黑色花纹。它本是一面预言之镜,后被注入了黑暗能量成了鬼镜,可以杀人于无形,也可以用于封印……”

幻羽抬起头:“这么说它一直被用于封印焰魔,为什么没有人告诉我们?”

“也许是怕消息传到黑衣神那里去吧。”奇诺推测着。

幻羽继续读着资料:“鬼镜有两面,一面是实体鬼镜,被封印在烈焰火山;另一面是虚拟鬼镜,被封印于人类世界的网络。两面镜子均可以致人死命……”

宁诗瑶使劲眨了一下眼:“这么说还有一面鬼镜在我们人类的网络里?”

幻羽合上资料:“我们必须找到它并把它毁掉,否则焰魔会利用它的能量!”

“那我们应该去哪里找?”雪儿有些着急。

“这件事,必须宁诗瑶一个人去做。”幻羽的目光有些扑朔迷离,“既然鬼镜隐藏在人类世界,那就必须要用到人类的力量。”

所有人都看着宁诗瑶。奇诺有些着急,他明白,毁掉鬼镜是一项非常危险的任务,他不明白幻羽为什么要让宁诗瑶来做这件事。对于鬼镜,他多多少少有一些了解,他知道破坏虚拟鬼镜需要人类的力量,但他从没听说必须要人类单独去做。他张开嘴想要说什么,但是幻羽的眼神制止了他。

“好,我答应。”

听到宁诗瑶语气坚定的回答,幻羽脸上露出微笑:“你一定会在网络上找到鬼镜的,不要放弃任何线索。但是记住,不要看关于鬼镜的图片。”

奇诺拿出一个手环,交给宁诗瑶:“戴好它,有危险时它会给你警示的。”

幻羽的白龙将宁诗瑶送回家。她打开电脑,默念着幻羽要她帮忙查找的鬼镜,同时打开了网络。

关于镜子的内容很多,但宁诗瑶不知道到底哪一个才是幻羽要的。“一个一个看吧。”她想着,打开了网页上的第一栏。

第一栏是关于镜子的鬼故事,如果小时候看这些,宁诗瑶很可能会害怕得睡不着觉,但现在宁诗瑶只是冷冷地扫了它们一眼,因为她亲身经历的已经够多、够可怕了。

“不要看关于鬼镜的图片。”幻羽的话语响在她的耳边,宁诗瑶看了看第二栏:镜子的图片。她把鼠标放上去很久,但最终还是移开了。她觉得网络上尽管都是人造的东西,但是被注入了黑暗力量也说不定。

第三栏、第四栏、第五栏……宁诗瑶一栏一栏地看下去,看到的是各种各样的鬼故事或者镜子的售卖广告,然而她要找的鬼镜并未出现……

她已经看到了最后一栏。"你一定会在网络上找到鬼镜的。"宁诗瑶想起了幻羽的话,不禁打了个冷战,也许她要找的东西就在这里。

她果断地将这一栏打开——镜子的售卖广告:各种镜子,便宜耐用……宁诗瑶将这些内容草草地看了一遍,失望地关闭了页面。

图片以外的资料都被她翻看了一遍,没有任何收获。她闭上眼睛,耳边又响起了幻羽的话:"你一定会在网络上找到鬼镜的。"

鬼镜在哪呢?她的目光渐渐锁定在第二栏:镜子的图片。"不要看关于鬼镜的图片。"幻羽的话又一次在耳边响起,她默默地盯着第二栏,也许这里面不是鬼镜的图片,只是普通的镜子。

她轻抚着右手腕上的手环,轻轻地闭上眼睛,随即又睁开了。"你一定会在网络上找到鬼镜的。"幻羽的话在她脑海里盘旋着,她的手有些颤抖。

"也许不会有事,再说我还欠奇诺一条命呢!"她自嘲地想着,"要不是奇诺,我都死了两次了。"

她再次抚了抚腕上的手环,鼠标果断地点了下去。

整个屏幕全是镜子的照片,大大小小的镜子,在超市里都很常见，她看了看自己，也没有哪里不正常。“这些不是鬼镜。”她轻轻舒了一口气，向下移动着鼠标。电脑最右边的滑块被她拖拽到了最低部，还是各种各样的镜子，没见到什么鬼镜。

她说不清是轻松还是担忧，虽然自己没有什么事，但始终没有得到有关鬼镜的一点信息。她有些失望地想要关闭网页，这时，她看到电脑上的图片忽然变小，不，是变扁，留下了好大一块空间，右边的滑块本来在最低部，这时忽然向上，再向上，好像在告诉宁诗瑶，下面还有很多内容。

宁诗瑶只觉得后背凉飕飕的，以前电脑似乎没有出现过这种情况。

她缓缓地向下移动滑块，看到一行行血红的大字：

“鬼镜是被注入了黑暗能量的镜子，它生来具有意识，并且可以削弱持有者的意志。”

一句话之后空了很多行，宁诗瑶继续向下滚动着滑块。果然，她又看到了那些血红的大字：

“鬼镜是由最远古的黑衣神制造的，黑衣神曾用它喝过许多人的鲜血，被吸入镜子的人，没有一个能活着出来。”

宁诗瑶的脊背一阵阵发冷，但她还是硬着头皮看下去：

“鬼镜对人有天然的吸引力，甚至可以控制人的意识。它本是一面预言之镜，进到镜子里的人会看到未来必然发生的事，然后死去。传说有一个可以感应鬼镜的人拥有抑制鬼镜的力量。但那个人至今都没有出现，……”

“会不会是我呢?”宁诗瑶忽然冒出这样一个念头,但随即否定了自己,“才不可能呢,别瞎想了。”她又拖拽滑块,看下面的信息:

“鬼镜被打开时会发出白色的光芒,看到这光芒的人会不由自主地走进去,当他走进镜子时,才会发现里面是一个致命的世界,他的血会从镜子里喷出来……”

这些描述让宁诗瑶毛骨悚然,但她还是硬着头皮继续滚动滑块:

“进入鬼镜的人必须找到失落的宝物:四叶草项链,它可以助人脱离鬼镜,但迄今为止没有人找到过它……”

宁诗瑶不知为何有些着急,她急急地拖拽滑块:

“鬼镜对人有天然的吸引力,使人们不由自主地接近它。”

宁诗瑶更加急切地拖拽滑块:

“鬼镜会使人失去理智……”

宁诗瑶使劲一拽滑块,到了最底部。

什么力量控制了她,她猛地把头偏了过去。这时她看到手上的手环发出了红色的光,好像在警示着什么。鬼镜的图片!她明白过来,用手挡住了眼睛。

她身上突然有一种灼热的感觉,她轻轻用余光扫过去,电脑屏幕发出万丈白光……

她极力让自己冷静了下来,头依然偏着,努力不让自己看那耀眼的白光。

她隐隐听到白光里传来一个声音，听起来那样遥远、那样轻柔："来吧……进来吧……"那声音在宁诗瑶耳边，不，是在全身周围环绕，挥之不去。

宁诗瑶突然觉得头一阵剧痛，似乎什么东西正侵蚀着她的脑海。

她着了魔一般，把头抬起，直视着那万丈白光，竟一点也不觉得刺眼。白光后面，她看到了一面镜子，有着幽幽的蓝黑色边框与青黑色花纹。

她的眼神也变得幽幽的，她不顾手环的警示，伸出手去，触摸到了那片白光……

一眨眼的工夫，她被吸了进去，消失了！

幻羽的资料库——

幻羽神色凝重地查着资料。奇诺闯进来，质问道："你为什么要让宁诗瑶单独去找鬼镜？她现在身体才刚刚恢复！你这是在害她！"

幻羽的目光离开手中的资料："我知道这很危险，但我必须这样做。"说着她将手中的资料递给奇诺。奇诺的目光落在资料上并快速地搜寻着，猛地他愣住了：

"古老的法师预言过，鬼镜将会破碎，焰魔将被唤醒，只有拿到另一面鬼镜中的宝物才有可能抑制焰魔的力量……而这件事，必须由一个能感应到鬼镜的人类单独去做，那个人类，是宝物的收复者，也是一场灾难的化解者……"

奇诺缓缓抬起头:“你的意思是……”

“你不觉得奇怪吗？当时你们四个人都在烈焰火山,但只有宁诗瑶听到了鬼镜破碎的声音……”

十一

神秘男生

宁诗瑶似乎被一种强大的力量吸引着，尽管她确信自己的脚没有动，但她的身体箭一般地向前飞。眼前依然白光万丈，她的脸也被映成惨白的颜色。

不知过了多久，白光消失了。宁诗瑶猛然发现自己站在一片草地上，很多人在上面玩耍，其中还有自己的同学。

“来啊宁诗瑶，一起玩吧！”她看见了自己的同学苏羽，然而在这里，这个自己平日熟悉的同桌对她来说分外陌生。她强打精神笑了笑，摇摇头，走开了。

眼前的一片生机并没有使她放松，她明白这是鬼镜，自己很可能会被困死在这里。她悄悄躲在一棵树后面，静静思索。

这时一只手拍在她的肩膀上:“你不是这里的人哦。”

她猛地回过头,一个不认识的男生,但总觉得他哪里和奇诺相似,也许是两人都有使人温暖的笑容。

“你是……”

“我是住在这里的精灵。”那男生俏皮的嘴角很令人有些亲近感,但宁诗瑶并没有走近他,相反,她微微后退了几步,警惕地盯着那个男生。看出了宁诗瑶的紧张,男生随和地笑笑:“你怎么会到这个世界来?”

“我无意进来的,”宁诗瑶有些后悔,当时不看那道白光可能就没事了,不过事已至此,说什么也没用了,“我很快就会逃出去的,我相信我可以。”宁诗瑶像是在自言自语,尽管对自己能否出逃并无把握,但她是个好强的女生,并且从来没有输过。

“敢在鬼镜里说这话的不止一个,但他们都没有逃出去喔。”男生耸耸肩,“只有这里的四叶草项链能帮助你,就看你能不能找到它啰。”说着他转身离去。

鬼镜里的天气变幻无常,那男生刚走,之前还晴空万里的天,顷刻之间阴云密布,紧接着电闪雷鸣,大雨磅礴。这种天气并没有引来吵吵嚷嚷的咋呼声,刚刚充满了喧闹的草坪,突然变得很安静。宁诗瑶小心翼翼地向四周看了一眼,随即张大了嘴:草坪上已经空无一人。

广阔的天地间只剩下了宁诗瑶,她没有害怕,也没有感到孤单,但她心里总有一种异样的感觉,令她隐隐感到有一丝不安。她

紧紧地靠着树,尽管她知道雷雨天在树下是很不安全的,但她还是选择这样做。与别人合不来的人总喜欢和大自然亲近,从小每当宁诗瑶感到孤单的时候就喜欢把自己放在树底下,因此她对树有一种特别的感情,她甚至觉得树此时正在给她安慰。

她缩在树下,听着雨打树的声音,然而在这唰唰的声音中她听到了脚步声。她扭过头,是刚才那个男生,他打着伞,向她走来。

宁诗瑶直直地盯着他,然而他似乎并不介意,微笑在他的脸上一直没有移开过。宁诗瑶看到,他的头发一丝不乱,笑得从容镇定,头上的伞替他遮挡住了外面的一切。

在宁诗瑶的头上,雨点穿过叶子间的空隙,毫不留情地打在她身上,她浑身湿漉漉的。她不敢想象自己的样子,她知道自己一定很狼狈。

她的目光移到了地上,没有再看那个男生。她感觉自己的脸有些微微发烫。

那个男生没有停步,似乎并不介意宁诗瑶对他的无视,快步走到宁诗瑶面前,那把雨伞随即移到了宁诗瑶的头上。宁诗瑶抬起头,一方雪白的手帕递到了她面前,她犹豫了一下,缓缓接过,擦了擦头上的雨水。

"下雨天躲在树下不安全,"男生的声音在雨声中听起来更加温暖,"跟我离开可以吗?"

宁诗瑶咬着下唇不说话。男生轻轻挽住宁诗瑶的胳膊,宁诗瑶没有挣脱。"走吧。"男生冲她笑笑,笑容如春天般温暖,又像头上那把伞一样遮挡住了外界的干扰。宁诗瑶跟着他迈开了步子。

“啊……”宁诗瑶突然感觉自己的头又疼起来了，一开始疼的不怎么厉害，可一两秒钟之后，疼痛变得剧烈起来。她“扑通”一声跪在地上，双手抱住头，忍住不让自己大声呻吟，她似乎感到手腕上有些异样，她睁开眼睛，看到黑色的手环微微闪着红光。

“不，我不走，我，我有点不舒服。”宁诗瑶明白，这是手环给自己的警示。

“好吧。”男生瞥了那手环一眼，脱下自己的外套披在宁诗瑶身上，而后转身离去。

随着男生的离开，宁诗瑶的头痛似乎减轻了一些，她抬起头，看到那男生英俊的背影被地上那把伞挡住了一半。

“你的伞。”宁诗瑶喊道。他回过头，磅礴的大雨使他刚才整整齐齐的头发一绺一绺地耷拉在额上，但在宁诗瑶看来这丝毫不影响他的帅气。

“送给你了。”那男生温和地笑着，转身走了几步，而后消失不见。宁诗瑶凝视着他的背影。她走过去，那男生消失的地方，留着一块玉佩，她捡起来，上面刻着两个字：夜风。

“夜风，夜风……”宁诗瑶反复念叨着这两个字，“这可能是他的名字，他叫夜风”，宁诗瑶想着，心中不知不觉升起一股暖流。

大雨过后，夜幕降临。

草地旁边，宁诗瑶发现了一片树林。她小心翼翼地走进树林，爬到一棵树上，在树杈上躺了下来，身上披着夜风给她的外套，沉沉睡去。

一双脚在宁诗瑶待的那棵树下停了下来，正是夜风。他抬起头，嘴角翘起，发出一阵冷笑……

第二天宁诗瑶醒来发现自己有些不对劲，她晃晃头，发现自己的手腕不知何时被藤蔓缠住了，手环也不知所踪。宁诗瑶突然有一种恐惧感，头上也冒出了汗，她使劲挣扎着，但是没用，越是挣扎，藤蔓缠绕的就越紧。宁诗瑶拼命强迫自己冷静下来，她看了看，自己的腿还没有被缠上，她尽力坐起身来，往树下探了探头，没有什么巨型魔兽出现，她轻轻舒了一口气。

"兜里应该有一把小刀的……"宁诗瑶拼命将身体向着手的方向扭动，但尽量保持着手腕的静止。她满头大汗，终于，手可以伸进裤兜里了，她触摸到了那把小刀，将它拿了出来。

"很好，别急……"宁诗瑶念叨着向上翻了翻手腕，不顾藤蔓的控制，小刀狠狠割了下去，藤蔓没有她想象的那么坚硬，她很快就割断了两条，但其他藤蔓随即围拢过来，却没有缠绕宁诗瑶，它们好像惧怕着什么。

宁诗瑶来不及多想，她顺着树干滑下来，跑出树林，丝毫没留意到后面一个人站在树林的边缘，冷冷地望着她的背影。

宁诗瑶跌跌撞撞地跑出树林，她不断提醒自己现在应该做什么：只有找到四叶草项链才有活着逃出鬼镜的希望。她看了看一直被自己握在手中的玉佩，上面刻着的"夜风"二字给了她一丝安慰。

她继续向前走，漫无目的。她不知道鬼镜里的世界到底有多大，她只能一点一点地找。

面前是一座高塔，巍峨耸立，使人不禁产生一种敬畏，宁诗瑶向着那座高塔走过去。塔门没有关，她走进塔中，丝毫没注意到夜风就站在她后面。

夜风双手插兜，发出一阵阴冷的笑声。

宁诗瑶小心翼翼地向前挪动，里面黑洞洞的，她摸索着旁边的墙壁，顺着台阶一阶一阶往上爬，大约爬了十三层，她看到了隐隐的亮光，忽隐忽现。宁诗瑶侧着身子，用前面的柱子遮挡自己，露出头来，虽然距离比较远，但是凭着 2.0 的好视力，她还是看到了一个背对着她的人，那是个女子，背影很是窈窕，宁诗瑶猜想她的正面一定很漂亮。那女人拿着火把，好像在和旁边的几个人说着什么。

宁诗瑶轻轻移动，旁边墙角有很多杂物，码成一堆，藏一个人刚好。宁诗瑶蹲在墙角，从那堆杂物中探出头来，正巧那女人转过身子，宁诗瑶险些惊叫出来：那人的脸惨白，竟然没有五官！

“是鬼！”宁诗瑶着实被吓了一跳，随即她暗暗地提醒自己，“这是鬼镜，有鬼很正常，别出声，千万别被她发现。”女鬼向这边走来，宁诗瑶缩在最里面，那一堆杂物将她遮挡得严严实实，她从杂物的空隙中观察那女鬼的行动。宁诗瑶看到女鬼往这里一扭头，虽然没有五官，但她还是感到那鬼有着鲜血一般凄惨恐怖的目光。

女鬼在这里停留了几秒钟，而后离开，宁诗瑶舒了一口气，但她不敢轻举妄动，因为她看到刚才和女鬼说话的几个人也从这里经过。她仔细观察着他们，好像是几个男人。走在最前面的那个披着一个大黑斗篷，帽子将他的脸遮住，使宁诗瑶不禁想到了梦里的黑衣神，她打了个冷战。

几个男人走到了前面的拐角，宁诗瑶渐渐放下心来，她稍稍动了动身子，突然脚下发出"咔"的一声，分外刺耳，她的心又一下子提到了嗓子眼！

这声音似乎被走在最后的那个男人听到了，他发出一阵使人毛骨悚然的"嘿嘿"声，循着声音向这边走来，离宁诗瑶越来越近……

宁诗瑶不住地瑟缩着，豆大的汗珠顺着额头滚滚流下，滴在地上，她的双手不住地在四周摸索着，忽然被什么撞了一下，她匆匆望去，那是一把剑，虽然放在一堆杂物中，却丝毫没有生锈，看上去锋利无比，好像是上天特意为她准备的。

剑使宁诗瑶渐渐安定下来，她努力回想着奇诺用剑干净利落地杀死袭击她的猛兽的样子。"我会成为黑衣人的，我要像奇诺一样，我不怕的。"宁诗瑶在心里说着。"好，来吧！"她猛地推开身边的杂物，举剑狠狠劈下去，然而那男人的动作非常之快，他闪电般地躲开了宁诗瑶的袭击。在阴森的笑声中，他的手向宁诗瑶挥来，凭着旁边小窗投来的微弱光亮，宁诗瑶看到了他的手：惨白，极瘦，非常尖利，像野兽的爪子。

宁诗瑶本能地跳开，避开了那个男人的手爪。"来吧，"宁诗瑶忘了紧张，"我将来可是要做黑衣人的！"那男人大概没想到宁诗瑶居然能躲开他的攻击,他发出了一声怒吼,宁诗瑶看到了他纸一般惨白的脸,看到了他的牙齿,又长又尖,很像电视剧中那些以血液为食的怪物。

“吸血鬼!”宁诗瑶反应过来。她躲开了吸血鬼的又一次袭击,向窗口跑去,吸血鬼紧追不舍。宁诗瑶的剑再一次挥起来,然而这次她的目的并不是砍伤那个吸血鬼,而是劈碎那厚厚的挡光玻璃。

“咔嚓”一声脆响,玻璃碎了,大片的阳光照射进来,宁诗瑶听见了那吸血鬼凄厉的叫声。她回过头,只见它尖利的爪子已经到了她的脖颈,再往前一点就能刺到她了,然而那只手爪却停在了那里,动弹不得,宁诗瑶连忙挥剑将它砍断。

对吸血鬼来说,没有什么比大片的光线更致命的了。那吸血鬼惨叫着,身体迅速变得透明,直至消失。

此时宁诗瑶的腿也开始发软,她重重坐在地上,大口大口地喘息,擦着头上的冷汗。就在这时,她听到楼道里有动静,来不及多想,她从窗口纵身跳了出去。

十三楼很高,宁诗瑶不禁闭上了眼睛。她感到似乎有东西在不断地击打着自己,每一下都钻心的疼,然而她下落的速度也因此不断放缓,最终她重重摔在地上,却没有死。

宁诗瑶挣扎着翻了一下身子,头朝着上面。她看到,自己刚刚落下的那扇窗口似乎有一团黑气正向她俯冲下来,她下意识地用手向地上一推,身体翻滚着进了旁边的灌木丛。

……

宁诗瑶不知道自己是昏过去了还是睡过去了，当她睁开眼的时候，那座高大的塔已经不见了。对于鬼镜里的这种现象，宁诗瑶已经不再惊异。她检查着自己的身体，还好，肢体都还有知觉，胳膊被划出了好几道深深的口子，鲜血流了一地之后已经凝固。“幸好那个吸血鬼死了，”她自言自语，“否则他不会错过这场盛宴的。”

“你说谁死了？”宁诗瑶回过头，正是夜风，他的神色有些凝重，但语气依然温和。

“塔上的吸血鬼。”

“是你把它杀死的？”

“可以这么说，”宁诗瑶有些骄傲地回应着，“他见不得光。”

夜风有些诧异地看着宁诗瑶：“你能躲开它的袭击？”

“是的，我练过跆拳道。”

夜风沉吟了一两秒钟。“你受伤了，”他看着宁诗瑶的胳膊，“是那吸血鬼弄的？”

“不，是我从塔上掉下来的时候弄的。”宁诗瑶回想着她从高塔上掉下来的经过，往塔的方向看了一眼，“我想塔周边有很多树。”

“是的，没有那些树你就死定了。”夜风拿出纱布，认真地一圈一圈缠绕在宁诗瑶的胳膊上，“你这次真是九死一生。”

“我知道。”宁诗瑶有些后怕，也有些庆幸，“好在我还活着。”

“在这里处处都是危险。”夜风温和的目光看着宁诗瑶，“我想你跟我在一起会更安全，我可以带你找到你要找的那串项链。”

宁诗瑶没有再说话，只是点了点头，任夜风带她离开。

十二

四叶草项链

夜风拉着宁诗瑶的手快步来到了一座山脚下。宁诗瑶停住了脚步,问:“我们来这里干什么?”夜风回头笑笑说:“你要找的东西在这里。”

“我要找的……”宁诗瑶抬起头,“四叶草项链!”

“是的。”夜风点点头。

“可是……”宁诗瑶抬头望着那座山,灰突突的,凹凸不平,没有一点绿色,更看不到一点生息,“项链会在这种地方?”

“相信我。”夜风拉紧宁诗瑶的手,抬头望着这座山,“到了山顶,你会找到你要的东西。”

“好……”宁诗瑶深吸一口气,“我相信你。”

夜风脸上露出一丝不易察觉的冷笑。

爬了好久，两人终于到了山顶，站在一处悬崖之上。这里一片萧条，宁诗瑶狐疑地四下望着，问道："四叶草项链在哪里呢？"

夜风环顾四周，突然用手一指："你看那里！"

宁诗瑶顺着他的手指看去，远远地，是一大片黑色，极快地向他们移来。"那是什么？！"宁诗瑶惊异地望着，那片黑色越来越近，渐渐地她看清了，是一大群蝙蝠，然而和普通的蝙蝠比起来，它们的喙部更尖，在它们张开嘴时，宁诗瑶能看到它们尖利的牙齿，它们比普通的蝙蝠更狰狞。

"吸血蝙蝠！"宁诗瑶失声叫道。她连忙掏出随身携带的那把小刀，几只蝙蝠向她扑来，她飞速用刀把它们划成两半。然而吸血蝙蝠越聚越多，宁诗瑶的刀开始漫无目的地在空中乱划，吸血蝙蝠的惨叫声不绝于耳，宁诗瑶的刀上沾满了鲜血，有蝙蝠的也有她自己的。她没有注意到，夜风在一旁只是冷眼旁观，并不动弹，而吸血蝙蝠也不去袭击他。

"你虽然厉害，能用光杀死吸血鬼，但你不是这些能抗光的新型吸血蝙蝠的对手，你自己慢慢玩吧。"夜风暗暗想着，嘴角浮现出一丝冷笑，他轻轻一弹响指，一根藤条无中生有出现在半空，卷住他的手腕向一边拖去。无意间夜风的脚撞到了一块岩石，发出"砰"的一声。

宁诗瑶回过头看见了这一幕，她扑上去，紧紧抓住夜风的另一只手腕，抓得很死，藤条竟无法再移动。

“可恶，宁诗瑶你干什么?!”夜风似乎有些气急败坏。

宁诗瑶紧紧咬住下唇，她猛地将手中的小刀向着藤条扔去，准确地割断了卷住夜风手腕的那根藤条，小刀随之掉下悬崖。夜风向崖下沉了一下，宁诗瑶更紧地抓住他的手腕，小半个身体也处于悬空状态，她咬紧牙关，另一只手死死扒着崖上的岩石，身子尽量往里靠，同时向上拉着夜风。

“松开，这样你会死的。”夜风有些着急，他咬牙切齿。“这女孩真狠!”他想着，“本想置她于死地的，没想到她宁愿死也要拉我做陪葬。”

“我不能松，”宁诗瑶从口中迸出几个字，“我一松手你就会死的，我在这里只有你一个朋友啊。”她几乎是喊出这句话，眼泪也猝不及防地掉落下来，滴在夜风的脸上。他怔怔地愣住了。

几只吸血蝙蝠趁机停在宁诗瑶的胳膊上，夜风看到，它们用尖利的大牙毫不留情地撕扯开包在宁诗瑶手臂上的纱布，纱布下有着红红的鲜血，它们贪婪地吸着，血液那诱人的腥味把一些本来有些胆怯的蝙蝠也吸引过来。宁诗瑶的脸色越发苍白，眼神也越发迷离，但她抓住夜风的手却不曾放松过。

“朋友……”夜风重复着，他原以为宁诗瑶已经识破了他的阴谋，因此想拉他当陪葬，如果那样的话，他会毫不犹豫地甩开宁诗瑶，跳下悬崖，留她一个人在那里送死，然而此时，一种力量控制着他，使他不能那样做。他头一次发现了在鬼镜中比他要强大的力量，他意识到也许这个宁愿自己死也要救他的女孩就是可以抑制鬼镜的力量，是使项链离开鬼镜的人，也是命中注定的能制服黑暗力量的人。

“如果真是那样的话，我愿意接受这种安排。”他暗暗地想着，脚蹬在一块凸出的岩石上，借着宁诗瑶的拉力，身体上纵，稳稳地落在了悬崖上。他的双手发出黑色的光亮，所有的吸血蝙蝠看到之后都立刻离开了。

宁诗瑶眼神迷离地看着这一切，重重栽倒在地。夜风抱起她，看到她的脸像死人一般的苍白，他自责地叹了一口气。

当宁诗瑶再次睁开眼睛时，她躺在一张床上。四周有些阴暗，她缓缓支起身来，打量着四周。

“你醒了？”夜风端着一杯水走来，递给宁诗瑶。

“谢谢。”宁诗瑶接过杯子喝了一口，“这里是……”

“我住的地方。”

“这里好黑……”宁诗瑶觉得这里阴森森的，但她没有明说，这是很不礼貌的。

夜风看出她心里想什么，他叹了一口气，说：“我想你不习惯这里的阴暗，但我只适合这样的环境。”宁诗瑶不解地看着他，她似乎能想到下文，但她不愿意往下想。

“你在这里不会受到任何伤害，好好休息吧。等你恢复了，我再和你解释。”夜风说着站起身来，头也不回地离去。宁诗瑶望着他的背影，低下头，她猜测着他话的言外之意，却始终不敢再想下去。

几天后，宁诗瑶的体力得到了恢复，夜风带着她，来到悬崖边上。两人并肩站着，凝望着下面的风景。良久，宁诗瑶开口道："谢谢你那天救了我。"

"我并没有救你，"夜风微微笑了笑，他缓缓抬起头，眼中有一丝歉意："其实这一切都是我布置的，我并不是什么精灵，而是鬼镜中黑暗力量的支配者，误入鬼镜的很多人都是被我杀死的，然后我把他们的鲜血献给黑衣神。"

"什么?!"宁诗瑶瞪大了眼睛，虽然自己能想到这点，但明确地知道后她仍感到吃惊，"你说的是真的?"

夜风点了点头，说："鬼镜中有很多魔兽，他们都受我的支配，在我的驱使下，它们使很多人死于非命，这次你一来这里我就察觉到了，我命令他们去除掉你，但令我奇怪的是，它们见到你都不敢上前，似乎它们的力量得不到释放，这是你一直没遭到魔兽袭击的原因。我没有办法，只得驱使能抗光的吸血蝙蝠去攻击你，但我没想到的是，从古到今一直没有出现的能抑制鬼镜力量的人，终于出现了。"

宁诗瑶睁大了眼睛："难道……我是那个可以抑制鬼镜力量的人吗?"

夜风点点头："是的，你也是唯一能找到四叶草项链，并用它逃脱鬼镜的人。你是第一个，也是最后一个，因为鬼镜很快就不复存在了。"

"可是……为什么会是我?"

“命中注定吧,你可以不顾性命地救你认为是你朋友的人,你可以用你的情感感化黑暗的力量,这也是我最后没有杀你的原因,以后你也不会在这里受到袭击,因为四叶草项链很快就能带你离开这里了。”

“四叶草项链?我没有找到它啊。”

“不,你找到了。”夜风说着,身体变得透明,直至变成一道光,那道光停在宁诗瑶面前。宁诗瑶目不转睛地看着它,看着它变成了一串项链——四叶草项链!

宁诗瑶一阵狂喜,这是她没想到的结局,但却是她想要的结果。她伸出手,紧紧握住了那串项链。

项链从她的手中飞出来,她听见里面传来夜风的声音:“跟我来吧……鬼镜里的世界已经结束了。”项链绕过宁诗瑶,往山下飞去,宁诗瑶似乎被一种无形的力量带着紧紧跟上。

不知过了多长时间,项链停在一片湖泊前面,宁诗瑶跟过来,项链落到了她的手心里,里面再次传来夜风的声音:“这是鬼镜的最后一次预言,它就在湖中的岛屿上。”

宁诗瑶定睛在那个岛屿上,然而,她的目光突然变得呆滞起来。

十三

必然的结局

她看到了她不愿意看到的场景……她知道，凡是鬼镜所预言的，都是必然的结局，然而这实在令她不愿接受。

她猛然转身，拼命地奔跑。她紧握着项链，感应到了鬼镜的出口，然而这时她已不再兴奋，因为对她个人来说，是否能逃出鬼镜，已没有了太大的意义。

她拼命地奔跑，好像要挣脱什么，四周的一切都在飞速倒退着。她跑进了一个隧道，后面传来镜子碎裂的声音，但她已无暇顾及。

隧道的尽头是一束白光，她向着那里奔跑着，越来越近……她终于跑了出去，一头撞在一个人身上，她抬起头，是奇诺。

十三　必然的结局

“宁诗瑶，你毁掉了鬼镜！”奇诺惊呼一声，说着他欣喜地扶住宁诗瑶的肩膀，“你还活着……”宁诗瑶环顾着四周，这里正是幻羽的资料库。她轻轻喘着气，一阵宽慰感遍及全身，然而几秒钟之后，绝望和悲伤又卷土重来，她猛然跪倒在地，捂住了脸，嚎啕大哭起来。

奇诺有些手足无措：“你怎么了？”宁诗瑶说不出话来，她拼命地摇着头。奇诺拿开她捂住脸的手，看到她满脸都是泪痕。

“出了什么事？”奇诺递给宁诗瑶一张纸巾，宁诗瑶擦了擦脸上的眼泪，深深呼吸，尽力让自己平静。

“到底怎么了？”奇诺轻声问着，“你是不是在鬼镜中看到了什么？”

宁诗瑶点点头：“是不是……我命中注定会死……”

“命中注定会死……”奇诺倒吸一口冷气，“你到底在鬼镜里看到了什么？!”

“我看见……”宁诗瑶的眼泪再一次滚滚而下，“我站在大火里……奄奄一息……快要被烧死了……”她求助似地抓住奇诺的胳膊，紧紧闭上了双目，然而泪水还是从眼中溢出。

奇诺呆呆地扶住宁诗瑶的肩膀，愣在那里。

“鬼镜预言她会死？!”雪儿猛地站起身来，“怎么可能？”

“你小声点。”奇诺把她拉回沙发上，“别让她听见，我已经劝了她半天了。”

“怎么会这样啊？”雪儿虽然压低了声音，但情绪仍有些激动，“宁诗瑶已经通过了鬼镜的考验，她不会轻易丢掉性命的，我们也不会让她死的。”

“鬼镜的预言是不会被改变的。”幻羽沉思着，“但是我们必须要付诸行动，也许这个预言可以被延缓。”

“延缓也没用，”茗轩皱着眉头，“该发生的迟早会发生。”

“难道我们就这样无动于衷吗？”雪儿不满地白了茗轩一眼，“我觉得不能把她留在人类世界，那样她遇到危险的几率会更大。”

“我同意。”幻羽回应，“把她留在魔镇，这样更安全。”

“我也同意。”茗轩道。

“我觉得可以把她留在雪儿家里，”奇诺沉吟着说道，“雪儿刚从魔法学校毕业，也成了黑衣人，我想她有能力保护宁诗瑶。”

“我相信我可以保护她。”雪儿瞥了一眼自己手腕上的黑色梅花标记，“这也是我的职责。”

“还有一个问题，”幻羽说着，“宁诗瑶是人类，如果她从人类世界失踪了，一定会引起轩然大波。”

“这我可以解决，”茗轩说着，从身上掏出一个玩偶，“这是影子玩偶，是学校里很多学生用于逃学的工具，我可以把它变成宁诗瑶的样子，并且使它的性格、习惯等与宁诗瑶一模一样，这样人类看不出破绽，也不会有危险。”

“那很好。”幻羽点点头，“这样宁诗瑶就可以放心地留在魔镇了。”

“不过我想大家都应该做好准备，”奇诺轻叹一声，“既然鬼镜有过预言，那她迟早会迎来这个必然的结局。”

十四

秘密会议

像宁诗瑶梦到的那样，黑衣神住在一座黑暗的城堡里。这里黑气缭绕，头顶上悬着的骷髅灯更添加了几分诡异的气氛。黑衣神威严地坐在由火焰组成的椅子上，下首站着政绍和狞狼——他的两个黑衣将军。黑衣神将他们召集来，召开一次秘密会议。

“焰魔刚刚回来见我……”黑衣神声音低沉。

“恭喜大人，贺喜大人！又有新的力量帮助您了。”狞狼是个溜须拍马的高手，没等黑衣神说完便迫不及待地迎合。

黑衣神不耐烦地一摆手：“焰魔是回来了，但他的能量大大损伤……”

“没事没事，”狞狼笑得无比谄媚，“焰魔的能量无比强大，他的损伤一两天就能恢复。恭喜我英勇无比、天下无敌的黑衣神大人，世界很快就是您的了……”

“你够了没有!”黑衣神重重拍了一下椅子的扶手，狞狼立刻吓得面如土色，乖乖地不敢吱声。“焰魔刚刚经历了一场战斗，这还不算什么，更重要的是，两面鬼镜现在都被毁掉了，虚拟鬼镜中的宝物被拿走了，焰魔的力量想恢复已经很困难了。”黑衣神的语气里充满了愤怒与急躁。

此言一出，一直微合双目的政绍睁大眼睛：“人类世界的那面鬼镜也被毁掉了？”

黑衣神余怒未消，点了点头。

政绍沉思着说：“这么说能毁掉鬼镜的人类真的存在!”他偏过头问狞狼：“最近奇诺他们和哪个人类有过特别接触吗？”

狞狼还没从刚才的惊吓中回过神来，他连忙点头：“是，是的。据密探报告，最近，奇诺身边经常有一个女孩跟着他，那女孩是个人类，就是……就是上次和人吵架、身上出现了黑暗力量的人。”说着，他偷偷看了黑衣神一眼。

“那个叫宁诗瑶的女孩?!”黑衣神从牙缝里迸出几个字，“她还没死?!”

“是，是的。”狞狼把头低下去，不敢再正视黑衣神愤怒的双眼。

“废物!”黑衣神站起身，“你没有杀死她!”

“是的，是……”狞狼浑身战栗，“是奇诺杀死了派去的杀手。”

“你没有杀死她，为什么不上报？”

“是……是……属下以为那女孩只是个人类,没死也不会构成太大威胁,所以……”

“废物!”黑衣神狠狠瞪着他,而后缓缓坐下来,“政绍,我想你知道该怎么做。”

政绍上前一步说道:“我会尽力杀死她。但是,既然那个女孩能毁掉鬼镜,我相信她身上一定有一些力量,甚至可能会妨碍我们找到死亡之花,况且还有奇诺他们在她身边保护她,所以我希望犷狼能助我一臂之力。”

“犷狼?”黑衣神不屑地瞟了他一眼,“你确定这个废物不会干扰你的行动?”犷狼浑身打着哆嗦,不敢再多说什么,只是用哀求的眼神看着政绍。

政绍并没有看他的目光:“黑衣神大人,犷狼对那个女孩有一定了解,我想他可以帮助我,也算是戴罪立功。”

“好,政绍,犷狼,我要你们杀死那个叫宁诗瑶的女孩,越快越好。”

“遵命,大人。”俩人拱手齐声答道。

“那焰魔该怎么办?”政绍请示黑衣神。

“鬼镜中的宝物落在了黑衣人手中,我要你们不择手段,把它夺回来,焰魔恢复需要它的能量。”

“这……”政绍的眼中有一丝犹豫。

“怎么,你不愿意吗?”

“据我所知,奇诺的身边还有幻羽、雪儿和茗轩在帮他,以我和狞狼的力量，杀死那个女孩可以，但从他们手中夺取项链并让项链依旧保持完整，恐怕并不容易做到。”

“好，那我赐给你能量。”黑衣神说着一抬手，一道黑光从他的身体里飞出，进入了政绍的体内。

“多谢黑衣神大人。”

“出发吧，记得带着项链和那个女孩的项上人头来见我。”

“属下明白。”

“还有，要尽快找到水晶钥匙，因为我们必须借助它找到死亡之花，那时黑衣人将对我们失去威胁。”黑衣神继续下着命令。

十五

回 家

雪儿的联络器响了，这时宁诗瑶正在旁边看书。

“诗瑶，帮我拿一下联络器。”

“好的。”宁诗瑶将联络器递给雪儿，顺便看了一下上面的显示，“是奇诺找你。”

“谢谢啦。”雪儿拿过联络器，“奇诺，你找我？”

“是的，宁诗瑶还在那里吧？”

“在的。”雪儿看了一眼回到原处看书的宁诗瑶，“她很安全。”

“我知道，”奇诺道，“我准备回人类世界，我需要她的帮助，一会儿我去找你。”

“你疯了？！”雪儿看了一眼旁边的宁诗瑶，还好，她似乎没有听见。雪儿压低了声音:“你忘了鬼镜的预言了吗?你怎么还能让她去冒险!”

“我当然记得,”那边奇诺的声音很平静,“她一直想成为黑衣人,我想我们应该满足她,现在是时候了。”

“她不会答应的。”雪儿相信宁诗瑶也不愿去冒险。

“她会答应的。”奇诺的声音充满毋庸置疑的自信。

雪儿将信将疑,但她决定还是先问问宁诗瑶,也好让她有个心理准备。

“奇诺想带你去人类世界,他需要你的帮助,你,你愿意去吗?”雪儿试探着问宁诗瑶。

“真的?!”宁诗瑶抬起头,“我当然愿意。”

雪儿不禁诧异地看着她说:“你,你真的愿意?跟奇诺回去会很危险哦……”

“我知道。”宁诗瑶的确愿意,虽然这几天来,她经历过了鲜血,甚至在生死边缘徘徊过,但她仍然愿意成为一名黑衣人,这个想法甚至更坚定了。确实,她犹豫过,她知道黑衣人并不仅仅代表着优秀、果敢,更代表着艰辛和危险。但是,她也在这段时间遇到了幻羽、雪儿和茗轩,他们都真心关心她、保护她,宁诗瑶愿意和他们一起经历危险,而最先遇到的黑衣人奇诺,更能给予她一些安全感,最重要的是,奇诺救过她的命,她不愿让奇诺一个人面对危险和挑战。

“我愿意和奇诺回人类世界,我相信我能帮到他的。”

“我也相信你可以。”雪儿默默地点了点头。

这时敲门声响了，是奇诺。

“我想雪儿已经告诉你了，我需要你和我一起回人类世界。”

“什么时候动身？”

“现在。”

“需要我和茗轩一起去吗？”雪儿不太放心。

“不用了，有我们就够了。”奇诺依然信心十足，脸上露出自负的微笑。

黑龙将他们带到了人类世界。人类世界和魔镇似乎有一些时差，此时夜幕已经降临。皎洁的月亮悬在空中，似乎在用温和的光晕给他们指路。

“我们到了。”两人停落在一座楼的楼顶上，这是整座城市的最高点。

下面是黑漆漆的街道，偶尔有几辆车穿梭而过，有时还能看见几个喝醉的人摇摇晃晃地走着，嘴里说着含混不清的醉话，有几个人似乎吵起来了，争吵的声音在宁静的黑夜中尤其刺耳。

“水晶钥匙真的在人类世界吗？”在宁诗瑶看来，水晶钥匙是很珍贵的东西，不该在充斥着繁弦急管和灯红酒绿的人类世界出现。

“的确在这里，”奇诺回答道，“而且还在都市里，但幻羽说只有雨天才能见到水晶钥匙。”

“这么说今天晚上不用找了？”

“可以这么说。”

宁诗瑶似乎想说什么，但她欲言又止，只是低着头，看着自己的鞋尖。

“你想说什么？”宁诗瑶的一举一动瞒不过奇诺的双眼。

“我想回家里看看，但是……”

“你担心你会被发现吗？”

“嗯。”宁诗瑶点点头。

“没关系。”奇诺拿出两件斗篷，递给宁诗瑶一件，自己穿上另一件。宁诗瑶动作慢一些，她看到奇诺在自己的眼中“消失”了。她没有惊异，而是明白了这件斗篷的作用。

她也披上斗篷，隐形的同时看见了奇诺。

“走吧。”奇诺拉起她，几起几纵，“你家在这栋楼对吧？”

宁诗瑶点点头，跑进楼去，风一般地飞到了自己家门前，拿出钥匙。

“等等。”奇诺扯住她的袖口，“不要发出声音。”说着他拉起宁诗瑶向前走。宁诗瑶惊异地发现，自己和奇诺竟然已经悄无声息地穿过墙壁，走到客厅。她看看表，已经是凌晨了。

主卧室的灯熄了，但次卧室的灯依然亮着。玩偶宁诗瑶坐在屋里，这时她赶忙过来迎接他们。

“我就知道你们会回来的，奇诺，还有……诗瑶。”

“她能看见我们？”宁诗瑶悄悄问奇诺。

“可以，她是茗轩制作的玩偶，有一定的魔法能力。”

这时玩偶宁诗瑶已经倒上了两杯水，“先坐吧。”她像主人一样，在某种意义上说，她也的确是主人。

宁诗瑶向玩偶宁诗瑶询问着家里的情况，但她的眼睛不时地往主卧室瞟。

“你要不要去看看你爸妈?”毕竟是以宁诗瑶为原版的玩偶，宁诗瑶想什么，她了如指掌。

“嗯。”宁诗瑶点点头。两人起身，宁诗瑶回头看了一眼奇诺。

“去吧，我在这里等你。”

宁诗瑶点点头，玩偶宁诗瑶拉着她的手，两人进入主卧室。

主卧室很黑，但宁诗瑶还是清楚地看到了父母，他们浑然不觉，以为自己的女儿一直陪伴着他们，然而真正的宁诗瑶现在不仅不能陪伴他们，还时时刻刻面临着生命危险。鬼镜的预言告诉她，不知道什么时候他们就天各一方了……宁诗瑶鼻子一酸，两行热热的东西滚落下来。她轻轻抽抽鼻子。

她的母亲翻了一个身，喃喃道：“诗瑶别熬夜了，快点睡吧。”宁诗瑶有熬夜的习惯，这是母亲常对她说的话。宁诗瑶心中流过一阵暖流，然而她却更感抱歉。她伸手拂去面颊上的泪珠，却总是拂不尽。

玩偶宁诗瑶掏出一块手帕，递给她。她将脸轻轻贴在上面，嗅到了家的味道，既温暖，又凄凉。“以后想家了，就看看它吧。”玩偶宁诗瑶善解人意地劝慰着她，“我会好好照顾父母的。”

“谢谢你。”宁诗瑶紧紧握握玩偶的手，而后狠狠抹了一把眼泪，头也不回地回到了客厅。

奇诺耐心地等着她们,他看到宁诗瑶的眼圈红红的,叹了一口气。

奇诺和玩偶又说了几句话,便带着宁诗瑶离开了。

在黑龙的背上,宁诗瑶没有说一句话,只是看着一幢幢楼在黑龙的身子底下飞似地向后倒退。

东方已经露出了鱼肚白,太阳的朝晖已经展露天空。

十六

都市中的水晶钥匙

奇诺换了一身休闲牛仔装束，和宁诗瑶在街上装作闲逛的样子，寻找着水晶钥匙。他自己也很怀疑：即使水晶钥匙真的存在，它是如何隐藏在繁华的都市而不被发现的呢？

怀疑归怀疑，他还是相信幻羽的话，况且只有雨天才能看见，那么水晶钥匙一定有一些隐藏自己的能力，用普通的寻找方法肯定是不行的，然而一定要等到雨天吗？如果长时间不下雨怎么办？

宁诗瑶的目光也四顾搜寻着，她不肯放过任何一个小小的细节，包括墙上的一张海报。

那是一家电影院的海报，上面画着闪电等刺激人神经的图案。宁诗瑶的目光在那里扫了一眼便准备离去，然而她似乎看到了什么，她仔细去看……一把钥匙！水晶做的钥匙！

“水晶钥匙！”她低声呼道。

“什么？！”奇诺“腾”地转过身，“在哪儿？”

宁诗瑶眨眨眼，想看得更清楚一些，然而当她再看那张海报时，已经没有了什么水晶钥匙，有的只是海报原有的图片和文字。

“不见了……”宁诗瑶使劲揉揉眼。

“你在哪里看到的？”奇诺相信宁诗瑶没有看错，经过鬼镜的事情后，他更加肯定宁诗瑶有不为他们所知的能力，能感知到他们不能感知的东西。

“那张海报上。”宁诗瑶用手向前指去。奇诺看了看，只是一张海报，并没有什么钥匙，但他还是决定去电影院里寻找答案。

“我们去看场电影吧。”奇诺提议。宁诗瑶点点头，他们穿过马路。此时，一个人停在他们身后。

走进那家电影院，宁诗瑶才发现将要放的是立体电影。“我从没看过立体电影。”她有些忐忑，“听说很刺激的。”

“我也没看过。”奇诺笑笑，“你们人类的科技真有意思，平面的能弄成立体的。”

两人坐在椅子上，电影很快开始了。

一开始风平浪静，天空一片蔚蓝，白云朵朵，真的很美。宁诗瑶看着，忍不住露出心旷神怡的笑容。

但是很快，天就变黑了，远处传来风的怒吼声。宁诗瑶看到，在她的左前方，一棵黑色的柱子正在飞速向她移来，电影院里一片尖叫声。宁诗瑶紧紧抓着扶手,这种使人身临其境的电影,的确让她紧张。

黑色的柱子更近了。“龙卷风!”宁诗瑶低低呼着。这时周围的惊呼声在一瞬间都消失了,好像只留下她一个人在天地间。

她稳住心神看着那股龙卷风,她的眼睛突然睁得很大,她看见——

高速旋转着的龙卷风中,似乎有东西缠绕在表面,好像……好像是一条条毒蛇!

电影里不会有这种东西,这些毒蛇只能是黑衣神的手下!宁诗瑶看看周围,不知何时,周围已没有了座椅以及坐在上面看电影的人,有的只是昏天黑地的天空,滚滚乌云,还有,那道邪恶的龙卷风!

宁诗瑶没有慌乱,实际上她也来不及慌乱,几条毒蛇已经对着她扑过来。她拔出腰间的隐形剑,那是幻羽送给她的,她一直将它佩戴在身上。

此时,一条毒蛇已经扑到她面前,她飞快地侧过身避开它的袭击,接着一剑将它的头劈下,而后回手又是一剑,另一条也身首异处,然而又有三条向她袭来,她无处可躲。

这时她感到一股强大的力量猛地将她推开,她回过头,正是那个熟悉的身影。奇诺不知何时又换上了那套黑衣,几道寒光闪过,三条毒蛇的鲜血溅满了他的黑衣。他腾身奔来拉上宁诗瑶,黑龙也在一瞬间现了身,带着他们飞速地逃离。

宁诗瑶回头看了一眼，惊奇地发现龙卷风已经不见了。这是电影！她反应过来，即使被注入了黑暗能量，也依然是按电影的情节发展。

奇诺也注意到了这一点，黑龙在他的指示下放慢了速度，然而奇诺并没有放松警惕，他机警地四下望着。宁诗瑶也不敢懈怠，她紧握着那把剑，时刻准备着迎敌。

天依然黑漆漆的，黑暗笼罩着一切，好像随时会将整个世界吞没。宁诗瑶有些压抑，但她还是努力平静着自己。

黑龙突然加速，同时来了一个急转弯，宁诗瑶差点被甩下去，奇诺及时扶住了她。

在刚才黑龙呆过的地方，宁诗瑶看到一道闪电，直直地劈了下去。这可是高压电！宁诗瑶用上了自己的物理知识，闪电的电压有几百万伏吧，如果离它太近的话……她不敢再想下去。

一阵轰隆隆的雷声自天际而来，似乎要把耳膜震破，震得宁诗瑶头皮发麻。

又是一道闪电劈来，黑龙敏捷地避开，然而这道闪电就像长了眼睛一般尾随着他们而来。宁诗瑶看到，在闪电周围，有一股黑气缭绕。

又是黑衣神！宁诗瑶有些咬牙切齿，怎么没完没了！她勇敢地直视着那道闪电，缓缓拔出剑来。

闪电周围的黑气化作一条黑龙，然而和奇诺的黑龙比起来，这条黑龙的眼神凶恶而狰狞。

奇诺目光坚定，严阵以待。

邪恶黑龙吼叫一声，血盆大口中喷出火来，宁诗瑶感到一种灼人的热。

奇诺挥剑砍去，邪恶黑龙腾身闪过，它瞪着宁诗瑶，宁诗瑶额头冒出了冷汗，她紧紧攥着那把剑。

邪恶黑龙怒吼着冲过来，宁诗瑶在那一瞬间突然有些疯狂。恐惧冲破了极限，她猛地跳起来，趁邪恶黑龙窜到她面前时，她瞬间扭住龙角，单膝跪地，膝盖部位突然一阵疼痛，大概是擦破了。

“宁诗瑶！”奇诺叫出声来，“别！”

宁诗瑶已经不管这些，她纵身跳上龙头，举起手中剑，狠狠朝着邪恶黑龙的头部刺下去，邪恶黑龙痛得大吼一声，拼命翻滚，狂躁挣扎。宁诗瑶紧紧抓住它的耳朵，保持平衡。

“宁诗瑶！稳住，稳住！”奇诺大叫着。

大概消耗了太多的体力，邪恶黑龙停止了翻滚，宁诗瑶抓住机会，又一剑狠狠刺下去，邪恶黑龙发出怒吼。奇诺这时一腾身，也跳到了邪恶黑龙的头上，举剑便向黑龙的眼睛刺去。

邪恶黑龙的血液溅到两人身上。邪恶黑龙再次剧烈地翻腾着，做着临死前最后的挣扎。宁诗瑶和奇诺先后从邪恶黑龙头上跳下。

奇诺转到邪恶黑龙对面，对着它的脖颈狠狠地刺下最后一刀，黑龙渐渐不再挣扎，也渐渐不再有任何反应，它倒了下去，越来越小，直至消失不见。

奇诺和宁诗瑶上了黑龙的背，宁诗瑶感觉有几滴水滴到了自己头上，隔了几秒钟后，倾盆大雨说来就来，宁诗瑶脸上的血和着雨水流下，她的衣服也湿透了。

“你还好吧？”奇诺脱下自己的外套递给宁诗瑶。黑龙在空中飞着，寻找避雨的地方。

人间的大楼林立高耸，但在上空的宁诗瑶看来它们却很小很小，就像七巧板一样。宁诗瑶低头看着下面的“七巧板”，心情稍稍平复了些，刚才那冒险的举动使她有些后怕，然而她更多的是庆幸，自己毕竟没有丢掉性命。

这里的大楼和真实世界中的高楼大厦一样，高高低低参差不平，其中最显著的是一栋灰色的大楼，宁诗瑶认得，那是整座城市最高的建筑。

成千上万的雨点连成一道道雨帘在她眼前划过，好像一面面镜子。她的目光穿过这些“镜子”，落在那灰色大楼的楼顶上，她清清楚楚地看到了什么！

一把钥匙！晶莹剔透，在雨中发着彩色的光。宁诗瑶抬头看，发现太阳不知何时已经出来了，所有的雨点都反射着五彩斑斓的光辉，钥匙的光和它们融为一体，一般人很难看出来。

“钥匙！”她低声对奇诺说，她的声音因过于激动而有些颤抖。

“在哪儿？”奇诺条件反射般地问她。她还没说话，奇诺就制止了她。“先别说，一会儿带我去找。”他的声音极轻，几乎听不见。

很快，雨停了。宁诗瑶看见天空中出现了“The End”。“电影结束了!”她松了一口气。

一眨眼的工夫,她又坐在了电影院,旁边是奇诺,他的表情很平淡,似乎什么也没发生。“我做梦了?”宁诗瑶问着自己,但她很快便感到了膝盖的疼痛,那是和黑龙搏斗时伤到的。“那不是梦,是真的。”她暗暗告诉自己,“这么说那把钥匙的所在地也是真的。”

这时奇诺已经站起身来,“走吧。”他拉拉宁诗瑶的衣袖,两人出了电影院。

“带我去找那把钥匙。”奇诺俯在她耳边说。

“嗯,”宁诗瑶点点头,随即又半开玩笑地说:“没有必要这么小心吧?”

“有必要,”奇诺一脸严肃,“这附近肯定会有黑衣神的密探,我们要小心行事。”

宁诗瑶想到刚才的经历,她的神色也凝重起来,重重点了点头。

两人走了一会儿,宁诗瑶已经看到了那栋灰色的大楼,然而奇诺却停住了脚步,说:“有人跟着我们。”

“谁?”宁诗瑶不敢回头,她掏出小镜子和梳子,假装梳头,在小镜子里找那个跟踪他们的人,“是那个穿着灰衣服的人吗?”

的确是,他似乎在东张西望,眼神却一刻也不离开奇诺和宁诗瑶,鬼鬼祟祟,不怀好意。宁诗瑶注意到了他的眼神,有一股邪恶之气。

“是黑衣神的人吧?”她轻声问道。

“是的。”奇诺并不停步，“跟我来。”说着两人拐进另一条路，宁诗瑶曾经走过这条路，它通往一个小巷。

两人拐进小巷，走到一个拐口，他们跑起来，而后躲在一堵墙后面。奇诺探出头观察着那个人。

那个人果然跟了进来，他环顾四周，想找到宁诗瑶和奇诺的踪迹。在这人迹罕至的小巷中，奇诺认出来了，正是狞狼。

“他是黑衣神手下的一名将军。”他轻声说着，“想对付他，最好偷袭，有什么办法让他转过身去就好了。”

宁诗瑶抬头望着他们隐藏的那堵墙，大概是一座弃房的墙壁，上面是破败的屋顶，屋顶上有一堆杂物，宁诗瑶仔细地搜索着，她看到了一把弹弓。她小时候在农村奶奶家呆过，打弹弓的技术在小伙伴中数一数二。她又看了看那堵墙，不算太矮，也不算太高，她可以轻松地攀上去或跳下来，也可以使狞狼看不到她。

“我可以让他转过头去。”她和奇诺耳语了一番，奇诺点点头，“你要小心一点。”“我知道。”宁诗瑶很快攀上屋顶，用那一堆杂物将自己隐蔽起来。她轻轻拿起弹弓，在屋顶上寻找小石子，很快找到了许多。

“好极了。”她嘴角泛起微笑。然而当她拉开弹弓时，狞狼的眼光刚好搜索过来，她连忙将头缩到那堆杂物中，祈祷着狞狼看不到她。

狞狼看到她了，但看到的只是一个一闪而过的影子。狞狼抬起手，一道黑色的闪电与宁诗瑶擦肩而过，将旁边的杂物“嘁哩喀喳”地击落,她出了一身冷汗。下面的奇诺握紧了拳头,随时准备跳上屋顶。

好在狞狼没有再发出攻击,大概是觉得自己看错了,他的目光转向别的地方。宁诗瑶抓住机会,拉开弹弓,一松手,石子不偏不倚打在对面墙上,发出“啪”的一声,狞狼赶忙转过身去,在那一片搜索着。

宁诗瑶和奇诺抓住机会,从不同的方向冲过来,一把将狞狼摁倒在地,狞狼想要挣扎,宁诗瑶抽出腰间的剑抵住他的脖子。

“说,为什么跟着我们?”

“是……是黑衣神大人要我跟踪你们。”

“你想干什么?”

“要,要……”

“你不说吗?”奇诺一手按着狞狼,一手拿出剑,顶在狞狼的喉咙上。

“我说我说,黑衣神要我们……杀死宁诗瑶!”

此言一出,宁诗瑶的手颤抖了一下。她只是一个十几岁的豆蔻少女,却已经被列入追杀名单。

这时天空中突然一道寒光闪过,“宁诗瑶小心!”奇诺叫着,松开狞狼,一把将宁诗瑶推开,“嚓嚓”两声,一对黑色的匕首插入地面,狞狼趁机爬将起来跑开。

“你没事吧?”奇诺关切地问宁诗瑶,但他的眼睛死死盯着前方。此时前面一个人双脚落了地,是一个帅气的人,但他的双眼透出一股冷冷的寒气。

“政绍!”奇诺认出了他。

来者正是政绍,他双刀在手,眼睛盯着宁诗瑶,目光中透出一种凶恶而冷淡的煞气。宁诗瑶不禁打了个冷战。

狞狼此时已经跑到政绍身边,他满身灰尘,狼狈至极。“窝囊!”政绍瞪了他一眼。狞狼低下头,不敢说什么。

奇诺和宁诗瑶都已经执剑在手,冷冷地盯着前面两个黑衣神的将军。

政绍的嘴角微微翘了翘,问道:“奇诺旁边的那个女孩,应该就是宁诗瑶吧?”

“是我,怎么样?”宁诗瑶再次忘记了恐惧,她的头脑有些发热,政绍那种轻蔑的口气,令她很愤怒。

“今天我来就是为了你!”政绍瞥了一眼狞狼,“这么一个人类你都抓不来,怪不得黑衣神大人不让我用你。”

“你,你……”狞狼有些恼羞成怒,但毕竟刚刚他确实不大光彩,只好向着宁诗瑶耍威风,“臭丫头,一会儿我要把你千刀万剐!”

“好啊,你试试?”宁诗瑶的怒火已经填满了胸膛,她紧紧握剑,眼睛一点也不躲避地直视狞狼。

狞狼想要耍威风,“政绍,你太辛苦,让我来对付她吧。”说着,他举起手中的刀向宁诗瑶奔来。

宁诗瑶本来就从小练跆拳道,再加上有了一些与黑暗力量战斗的经历,她没有慌乱,而是与奇诺敏捷地跳开,待狞狼再奔来时,她一低头躲过了他的刀,而后一脚踢过去,竟把狞狼踢了个跟头。腿法是跆拳道的主要技能,因此宁诗瑶的腿很结实也很有力,狞狼摔在地上,有些懵了。

“小瞧你了。”狞狼的声音已经不像之前那样狂妄自大。他又一次狼狈地爬起身,向政绍跑过去,“哎呀,我和人类打架施展不开,要不政绍你来……”

“废物!”政绍狠狠瞪着他,“还得我出手。”说着他冷冷瞪着宁诗瑶,宁诗瑶又一次和他的目光对视,她咽了一口唾沫。这时奇诺把宁诗瑶挡在后面,然后冷冷地说道:“她还是个人类,想杀她,先过我这关。”

政绍和狞狼不一样,他瞧不起欺软怕硬的行为,和一个人类交战,确实也胜之不武。他一横手中刀,说道:“好啊!”

两人同时跳起身来,空中看不到人影,宁诗瑶有些发愣,她只能看到两道光影相互交错着,分不清哪个是奇诺,哪个是政绍,只听到两人的兵器有时碰上一两下,有时毫无声息,有时又发出一连串的碰撞声。

政绍比狞狼更禁得住挑战,奇诺的剑如一条逼人的毒蛇,招招致命,然而都被政绍一一给化解了。政绍冷静地躲避着奇诺的攻击,突然猝不及防地来了一刀,直劈奇诺的面门,奇诺连忙躲开,躲过了头部,刀却刮破了衣服,刺进了胳膊,奇诺来不及反应,已经直直地摔在地上。

宁诗瑶有些慌张,她看到政绍在冷冷地瞥了奇诺一眼后,一步一步地向自己走来，她紧紧握着手中的剑，一步一步地后退。

其时，后面的狞狼突然扑上来，一把勒住了宁诗瑶的脖子。他露出张狂的笑容："我抓到那个女孩了！"

宁诗瑶上半身不能动弹，但她已经忘记了害怕，她急中生智，一抬脚使劲踩下去，脚落下的同时，她听见狞狼发出一阵杀猪般的嚎叫，她趁机挣脱开狞狼的手臂，同时一脚狠狠踢过去，狞狼惨叫一声，又一次扑倒在地。

政绍撇撇嘴："窝囊！"说着她向宁诗瑶奔来。宁诗瑶的肢体有些僵硬，她知道，政绍比狞狼难对付得多，她一下一下地咽着唾沫，紧紧盯着政绍拿刀的手。

政绍的刀向宁诗瑶挥来，宁诗瑶连忙躲开，同时一挥剑，狠狠向政绍削去，政绍一闪身避开，而后一脚将宁诗瑶踢飞，宁诗瑶重重摔在地上，浑身剧烈地疼痛，动弹不得。

"你的确比一般人要厉害。"政绍脸上有一丝欣赏，然而更多的是嘲讽，"但你最终还是免不了一死的。"说着，他手中的刀缓缓举起来。宁诗瑶已无力反击，更无力逃走，她只得闭上眼睛。

然而还没等那刀落下来，奇诺在那一瞬间腾身而起，一脚踢在政绍的腕部，政绍的刀飞了出去，他恼怒地转过身，一拳打去，奇诺躲开，两人又一次交战在一起，但奇诺明显处于下风，胳膊上的伤削弱了他的力量。

就在这时，一道黑影飘然而至，身手敏捷，闪电般向政绍发起攻击。政绍以一敌二，却丝毫不落下风，与他们打得难解难分。

宁诗瑶尽力想从地上爬起来，然而身体似乎不听使唤了，豆大的汗珠从她脸上落下，在地上打出一个个圆圈。她一低头看到了颈上的项链，她低低呼着："夜风，帮帮我……帮帮我……"

四叶草项链突然泛起绿色的光辉，说来奇怪，宁诗瑶此时四肢也不再疼痛了。她从地上爬起来，也加入了战斗，政绍最终寡不敌众，招架了几下便逃走了，狞狼不知何时也已逃窜了。

项链的绿光消失了，宁诗瑶浑身一软，瘫倒在地。奇诺和那个来支援他的人一同将她扶起，这时宁诗瑶才发现奇诺的胳膊也流着血！

她感激地看了一眼那个来帮他们的人，随即惊讶地发现，那是另一个她——玩偶宁诗瑶。

"我能感应到你，所以来帮忙了。"像是猜到了宁诗瑶心中的疑惑，玩偶宁诗瑶笑着说道。

宁诗瑶点点头："多亏你来了。"接着她又看着奇诺关切地问："你怎么样，不要紧吧？"

"没事。"奇诺摇摇头。而后他对玩偶宁诗瑶说："你先回去，否则她的父母会起疑的。"接着又对宁诗瑶说："现在我们快去找水晶钥匙。"

黑衣神的人被打退，奇诺他们的行动没有了阻碍，很快便到了那栋灰色大楼的楼顶。

"就是这里。"宁诗瑶还记得那把水晶钥匙的位置，她的手摸索着。像是回应她一般，水晶钥匙很快便现了形，在她的手上闪闪发光。

“找到了!”宁诗瑶和奇诺满脸欣喜。

天空就像刚刚下过暴雨一般,蓝得透彻坦荡,全无一丝杂色。

十七

玩偶的危机(一)

“什么?!”黑衣神“腾”地站起来,“你们竟然没有杀死她?!”

狞狼低着头不敢说话,政绍的头也低下了。“是属下无能,本来都快要杀死了,奇诺却突然出现,阻挡了我们,而且后来又出现了一个和宁诗瑶长得一模一样的女孩。”政绍怯怯地答道。

“哦?”黑衣神的眉头皱起来,“和宁诗瑶一模一样的女孩?”

“正是。”政绍答道。

“那一定是个以宁诗瑶为原版的玩偶。”黑衣神焦躁地踱了起来,“早就听说有这么一种魔法,可以把玩偶变成真人……”他转过身,“那个玩偶的能力如何?”

“战斗能力和奇诺不相上下,而且既然是用魔法做出的玩偶,她的身上一定有一些功力。”政绍推测着。

“那么，杀死她并不容易。”黑衣神转过身去，“政绍，你有什么办法吗？”

“也许我可以试着说服她来投靠我们，”政绍的脸上露出冷笑，“玩偶的意志力一般会弱于人类，更容易被说服。”

“好，你去办吧。”

“是。”

玩偶宁诗瑶正走在放学的路上。她和同学柳思妍同路，此时两人正一边聊天，一边往公交车站走。

走着走着，玩偶的脚步突然停下来。“有人跟着我们。”她轻声说着。

“有人跟着……你确定？”柳思妍的胆子很小。

玩偶宁诗瑶猛地转过身，目光鹰一般地四下搜索着。面前空空荡荡，看不出有什么人在，然而玩偶毕竟是用魔法制作出来的，能感觉到别人感觉不到的东西。

她将柳思妍护在身后，对着那片空荡说道：“我知道你在这里，快出来！”

柳思妍瞪大了眼睛，想说什么，但是话刚到嘴边就停住了——她看到一个穿着灰色衣服的人现身出来，和普通人长得没什么两样，但眼神却透出一股刺骨的冷。

玩偶宁诗瑶认出来了，这正是上次险些害死宁诗瑶和奇诺的政绍。她厉声道:“你来这里干什么?”

政绍冷冷地笑着:“当然是因为你。”

“快……快跑吧。”柳思妍哆哆嗦嗦地说着,她看出面前的这个人似乎来者不善。

“没事。”玩偶宁诗瑶轻声安慰着柳思妍,“他是冲着我来的,你走就行,回去不要跟任何人提起。”而后她用一种冷冷的口气对政绍说:“既然你是因为我而来,那最好放我同学走。”

“当然。”政绍毫不在意地笑了笑,“我要你这个同学也没什么用。”

“快走!”玩偶宁诗瑶用命令的口吻低声说着。柳思妍总算是跌跌撞撞地跑开了。

胡同里只剩下玩偶宁诗瑶和政绍两人。一阵风吹过,让人有些喘不上气来。

“你究竟想干什么?如果你想要我的命,那我告诉你,没那么容易。”

“放心,我并不想要你的命。”

“哦?那你来干什么?”

“我想要你的力量。”

“我听不懂。”

“你的能量很强大,”政绍说着,“如果这股力量可以帮助黑衣神大人的话,他一定可以很快找到死亡之花,到那时候,整个世界都是我们的。”

"你的如意算盘打得不错,"玩偶宁诗瑶嘴角泛起一阵冷笑,"可惜你找错了对象,我是不会背叛诗瑶和奇诺的。"玩偶宁诗瑶的目光很坚定,然而政绍也并未放弃对她的劝说。

"你真的以为他们拿你当战友吗?"政绍的脸上有一丝嘲讽的笑,"你别忘了,你只是个玩偶。"

"玩偶又怎么样?"玩偶宁诗瑶并不受打击,"奇诺和诗瑶对我都很好,他们很关心我。"

"是吗?"政绍脸上出现了冷笑,"别忘了你为何在这里代替宁诗瑶,那是因为鬼镜预言她会死,你在这里,只是一个替死鬼罢了。"

这句话好像触动了玩偶宁诗瑶一般,她的双唇有些颤抖。

"所以,"政绍接着说道,"你最好还是和我们一样,成为黑衣神的手下,到时候,我们就可以拿下整个世界,要什么有什么……"

"别说了!"玩偶宁诗瑶猛地大吼一声,她的眼圈似乎有些潮湿,逃也似地离开了那个小胡同。政绍没有追赶,他脸上又出现了冷笑。

这晚玩偶宁诗瑶睡得很不踏实,翻来覆去。大概凌晨一点钟了,她才昏昏沉沉地睡去。

玩偶宁诗瑶被黑暗力量击中,整个人都被击到了悬崖上的悬空处,眼看就要跌下悬崖,好在悬崖边上有一株藤蔓,她闪电般地抓住,然而很不幸,她听到了藤蔓即将被拽断的"咔咔"声,脚下是万丈深渊,深不见底,她有些慌张了。

"快走!"奇诺突然出现,他奋力拉回玩偶宁诗瑶,两人快步跑开。然而，玩偶宁诗瑶发现，奇诺救起的分明是真实的宁诗瑶。“还有我……救我……”玩偶宁诗瑶哀求着。奇诺回过头，脸上竟有一丝狞笑：“我们不用救你，你只是个没有生命的玩偶，你就呆在这里好了。”

“什么?!”玩偶宁诗瑶如被雷击一般，懵了。

“哈哈哈哈……”耳边传来政绍的狞笑，“我早就告诉过你，奇诺他们根本不会拿你当战友，可你不信，这就是报应!”

玩偶宁诗瑶咬牙切齿，然而她无能为力，因为那株藤蔓正在慢慢断裂……终于，它彻底地断了。

“啊……!”伴随着惨叫，玩偶宁诗瑶跌入了深渊，声音越来越远，越来越小……

“不!”玩偶宁诗瑶猛地惊起，浑身已被汗水湿透。“是梦，这只是个梦。”玩偶宁诗瑶惊魂未定地喃喃道。她想继续睡觉，却怎么也睡不着了……

“他们真想让我当替死鬼？……”玩偶宁诗瑶暗暗思忖着，“上次宁诗瑶回到人类世界，明明表现得很想家，可她却不回家……看来他们也许真的想让我替她死。”她的眉头慢慢皱起来，“好……既然你们这样无情，就休怪我无义……”

第二天放学，玩偶宁诗瑶没有和同学一起走，而是留在了那个胡同里。

政绍果然又出现了。

“你不是要我投靠黑衣神吗……好……我答应你!”

十八

玩偶的危机(二)

“做得好,政绍,你果然不辱使命。”黑衣神对政绍的“策反”成功大加赞许,同时打量着站在政绍旁边的玩偶宁诗瑶。

“还要多谢黑衣神大人的栽培。”政绍头脑很清醒,不像狞狼那样容易飘飘然。

“我投靠你完全是因为我不想做别人的替死鬼。”玩偶宁诗瑶的态度很是坚定,“我可以帮你对付奇诺和宁诗瑶,但我绝对不会帮你找到死亡之花,助纣为虐。”

“哦,啊……”黑衣神皱了皱眉,但他的神色很快缓和下来,“没关系,只要帮我对付他们就好了,你先下去休息吧,我还有些事要交代给政绍。”

玩偶点了点头，转身走开。政绍看着她的背影渐渐消失，而后转向黑衣神躬身问道："您是不是要和我说这个玩偶的事？"

黑衣神满意地点了点头："政绍，你果然了解我，不错。这个玩偶虽然投靠了我，但她的正义感还是很强烈，况且现在还不知道她是不是真心降我，所以，我要你把我的黑暗药水放到她的食物里，这样……"

"这样，她喝了药水，就会被您的魔法控制，死心塌地地为您效力了。"

"是的，是这样，你去办吧。"

"是。"政绍转身走开，黑衣神脸上露出了得意的狞笑。

宁诗瑶和奇诺回到了魔镇，幻羽和茗轩用魔法为他们疗伤，雪儿看护着水晶钥匙。

"你们真是的，怎么也不联络我们啊？如果我和茗轩去帮你们，你们也不至于受伤了。"雪儿嘴上抱怨着，但却是一脸的关心与担忧。

"本来以为只有一个狞狼的，"奇诺有几分尴尬和狼狈，"狞狼不难对付，但没想到后来又多出一个政绍，那时已经来不及联系你了。"

"以后你们一定要多加小心，政绍并不好对付。"幻羽已经给宁诗瑶疗好了伤，"这次多亏了那个玩偶，否则你们未必能活着回来。"

提到那个玩偶，宁诗瑶很是感激，同时她也有些失落，那个玩偶可以和他们并肩作战，现在却不得不在人类世界替她承受鬼镜预言的灾难。“她不该做替死鬼。”她不知不觉把这句话说出来了。

“替死鬼？”雪儿转过头，“你说那个玩偶吗？”

瞒是瞒不了了，宁诗瑶点点头。

“她并不是替死鬼，我们不会无视她的生死，我们会尽全力保证她的安全，因为她也是我们的战友啊。”

“雪儿说的没错，”幻羽说道，“玩偶有她的使命，就像黑衣人保护人类一样。况且……”幻羽犹豫了一下，“灾难不会降临到玩偶身上，因为她并没有进入鬼镜。因此她只是你的替身，并不是替死鬼。”

“现在我们要做的是尽快找到开启水晶钥匙的地方，然后赶在黑衣神之前毁掉死亡之花。”雪儿说着。

“是的，我们的时间并不充裕，黑衣神会费劲心思地夺取水晶钥匙。”奇诺不知何时已经过来了，“我们还得回一趟人类世界，尽快找到开启水晶钥匙的地方。”

“你的伤还没有好啊。”幻羽有些担忧。

“没关系。”奇诺把头转向宁诗瑶，“这次我一个人去，你在这里好好休息吧。”

“不，我和你一起去。”宁诗瑶说得非常坚决。

“那……好吧。”奇诺犹豫了一下答应道。

“只有你们两个行吗？”雪儿很担心，“我和茗轩跟你们一起去吧？”

“不必了，人太多容易引起黑衣神的注意，我们带着联络器好了。”

奇诺和宁诗瑶回到人类世界。两人寻找着那道通往远古森林的大门，然而过了好久却一无所获。

“这座门不会太明显的。”奇诺并不气馁，“一定是像水晶钥匙一样，有着隐蔽的能力。”

两人继续寻找着，不知不觉进了一条胡同。“我学校就在这里！”宁诗瑶向四周看了看，“不能让同学们看到我和玩偶同时出现的。”

看四下无人，奇诺拿出隐形斗篷递给宁诗瑶。宁诗瑶刚刚穿上，就看到学生们陆陆续续地从学校走出来，到了放学的时间了。

玩偶宁诗瑶最后从学校里走出来，她已经看见了奇诺和宁诗瑶，她的脸上露出不易察觉的冷笑。

“嘿，你们在这里啊！你们的伤怎么样了？”她同奇诺和宁诗瑶打着招呼。

“已经没事了，多亏了你。”宁诗瑶笑着对玩偶说。

“上次是那串项链帮了你，要不然我们可能都有危险呢！”玩偶宁诗瑶装作好奇的样子，“那串项链好漂亮呀，给我看看行吗？”

“好啊。”宁诗瑶对玩偶从来没有防备，她将项链递给了玩偶。

玩偶宁诗瑶接过项链，仔细端详了一番，“这么一个小小的项链，就能使焰魔恢复能量吗？”

“是的。”奇诺回答道，“它虽然不能使焰魔的能量在短时间内完全恢复，但可以恢复他大部分能量，不过焰魔不能再变回那个猛兽形态了，只能以血人的形态出现。”

“这不要紧，”玩偶宁诗瑶脸上出现了冷笑，“能恢复他的能量就好。”

“啊？你，你什么意思？”宁诗瑶和奇诺都听出玩偶的语气不对。

玩偶脸上露出狞笑：“你们别想拿回项链了，它只属于黑衣神大人。”

“黑衣神大人?!”奇诺瞪起眼睛，“难道，难道你投靠了黑衣神?!”

“是的。”玩偶发出一阵大笑，随即几个起落，瞬间不见了踪影。

“可恶！”奇诺眉头紧锁。而宁诗瑶更是惊得目瞪口呆：“她……她背叛了我们……？”

“看来是的。”奇诺面色阴沉。

“追吧。”宁诗瑶说着想追过去，奇诺拉住了她，说：“没用的。”说着他走到刚才玩偶站着的地方，蹲下身来仔细查看着，很快，他从地上捡起几根头发。

奇诺将那些头发放到鼻端闻了闻，抬起头说：“上面有黑暗药水的气味！”

十九

重回人类世界

“你说什么?”幻羽猛地抬起头,“玩偶背叛了我们?”

“是的,她还骗走了四叶草项链,”奇诺阴沉着脸,“我怀疑她服用了黑暗药水。”说着他将那几根头发递给幻羽。幻羽做了一番检查,点点头。“的确如此。”她叹了口气,“不过我相信玩偶还是保留着正义感的,只是,立场一旦有稍稍的不坚定,就会被黑衣神带上歪路。”

“那现在怎么办?”雪儿有些着急,“如果血人借助项链恢复了能量,那对我们来说是一个很大的威胁!”

“而今之计,我们只能赶在黑衣神之前找到死亡之花,好在水晶钥匙还在我们手中。”茗轩沉吟着,其余人也都点了点头。

“事不宜迟。”奇诺站起身，“我们要赶快行动。”

“让雪儿和你一起去，”幻羽说道，“没有了玩偶，宁诗瑶必须留在人类世界。”宁诗瑶叹了口气，不情愿地点了点头。

宁诗瑶回到了人类世界，回到了既熟悉又陌生的学校。然而，当再次听到周围同学的吵吵闹闹，她竟没有了厌烦，相反，她开始对这些无聊的吵闹无比珍惜，因为经过长时间的紧张与刺激的生活，能回归正常而平静的生活对宁诗瑶来说已经是一种奢侈了。

一切正常，但同桌苏羽这天却没有了以往肆无忌惮的笑容，她有些慌张地告诉宁诗瑶一个消息。

“你知道吗？最近学校旁边总是出现一个穿着红衣服的人，他神出鬼没，好像是个不法分子。学校报了警，可是派出所什么也没查出来。”

“喔，我知道了，以后放学要小心点。”宁诗瑶并不怕，比起黑衣神，比起政绍，一个小小的不法分子根本算不了什么，因此宁诗瑶并不把这件事放在心上，放了学还是照常一个人回家。

然而，有个人背对她挡在去公交车站的路上。宁诗瑶注意到那人一身红衣，苏羽说的大概就是他吧。

周围的人纷纷停住脚步，惊恐地看着那人，只有宁诗瑶不怕，她走上前去，不顾其他人惊恐的目光，对那个人说：“打扰了，能让一下吗？”

那人回过头，宁诗瑶并不认得那张脸，但她一眼就认出了那人脖子上的项链——幻羽告诉过她，玩偶骗走的项链会被焰魔变成的血人所利用。

“你是焰魔!”宁诗瑶深吸一口气,冷冷地瞪着他。

血人因为见过玩偶宁诗瑶,所以他断定眼前这个女孩应该就是宁诗瑶。

“原来你就是黑衣神大人要找的那个人类女孩!”

“不错,是我。”说话间,宁诗瑶的手已缓缓放到了腰间,幻羽给她的隐形剑她一直带在身上。她用余光四下看看,旁边的同学不知什么时候都跑光了,她暗暗松了一口气,缓缓将剑拔出来。

“就凭你也想跟我斗?”血人发出一声狂笑,猛地向宁诗瑶扑来,早有准备的宁诗瑶敏捷地跳开,而后一剑劈过去。剑劈到血人的胳膊上,血人的鲜血汩汩流出,震得宁诗瑶的手一阵剧痛。

这时血人浑身冒火,一巴掌打了过来,宁诗瑶立刻避开,血人的手掌几乎与她擦肩而过,一阵炽痛袭来,她轻轻偏偏头,看到胳膊上已然出现了几道烧伤的痕迹。

战斗时查看伤情是不明智的。血人抓住机会,一口火扑面而来,转眼已到面前,宁诗瑶已来不及躲闪,灼热已近到眼前,她束手无策,只得闭上眼睛等死。

就在这时,一道黑影掠过,猛地将她推到一边,而后纵身跳开,速度快得如同电光石火,火焰撞到墙上,随即熄灭,黑影转过头,宁诗瑶欣喜地看到那正是奇诺。

几乎与此同时,又一道黑影赶至,一鞭狠狠抽过来,血人来不及躲开,鲜血四下飞溅。雪儿奔到宁诗瑶面前,问:“你没事吧?”语中带着关切,但她的眼睛仍一直盯着血人。

“没事。”宁诗瑶心怀感激地摇摇头。

血人瞪着血红的眼睛看着他们,咬牙切齿:“你们等着,早晚有一天,我要把你们一个一个撕成碎片!”说着他几个起落就消失了。

二十

谜　语

宁诗瑶的父母出差，更为主要的是血人的出现，使宁诗瑶时刻处于危险之中，奇诺等人不放心把宁诗瑶留在她家里，所以又将她带回了魔镇，并将血人的事情告诉了幻羽和茗轩。

“这么看来……”幻羽皱着眉头，“确实不能把宁诗瑶单独留在人类世界。”

“可是玩偶已经不能再代替她了。”茗轩不无担忧地说道。

“没关系。”雪儿眼睛一亮，“可以使用影子魔法。”

“影子魔法？”宁诗瑶从没听说过这个魔法。奇诺明白了雪儿的意思并解释道：“这种魔法可以把你在镜子中的影子变成真人。影子是不会叛变的，只是她的能力相对弱一些。”

“也许能力越强，危险就越大吧。”宁诗瑶暗暗想着，就像她自己由普通人类变成了奇诺的帮手，越来越多的危险也随之而来。但说实话，宁诗瑶非但不反感，反而很喜欢这种生活。而且，她仍然希望自己能像奇诺那样，成为真正的黑衣人。

“只能这样了。”幻羽点点头，“现在的任务是赶快回到远古森林，找到死亡之花。”

“我和你一起去吧。”宁诗瑶相信她能帮到奇诺。

“我相信你可以帮忙。”幻羽和奇诺交换了一下眼色，点点头答道，“让雪儿也去，你们需要帮手。”

当夜幕降临时，他们又回到了人类世界。三个人站在楼顶上，俯视着下面的街道。

“人类世界这么大，到哪里去找通往远古森林的门呢？”雪儿眉头紧皱。

“没办法。”奇诺叹了一口气，“这是一项艰巨的任务，而且我们必须赶在黑衣神之前。”

宁诗瑶凝视着漆黑的夜，蹙着眉头没有说话。

“好了先休息吧，你们应该都累了。”奇诺说道。

雪儿和宁诗瑶点点头。楼顶上有个烟囱，两人靠在旁边，很快沉沉睡去。奇诺伫立在屋顶的边缘，丝毫没有睡意。

宁诗瑶已经进入了梦乡……

“来啊宁诗瑶，一起玩吧！”宁诗瑶听见苏羽在叫她，她看见苏羽和几个同学正在一片草地上玩着。宁诗瑶觉得这个场景很熟悉。

“鬼镜!”她反应过来,自己刚刚进入鬼镜时看到的便是这样的场景。她下意识地将目光转向她曾避过雨的树林,在一棵树下,一个男生正向她微笑着。

“夜风!”她欣喜地跑过去。夜风微笑着冲她点头,和以前一样温和优雅。

宁诗瑶跑到他面前,却低下了头。“对不起……”她的声音小了下去,“四叶草项链……已经落在了黑衣神手里。”

“我知道。”夜风一脸凝重,“这不能怪你,你们现在要做的,是尽快找到远古森林和死亡之花。”

宁诗瑶点点头,说:“我们已经来到了人类世界,可是人类世界这么大,很难找到通往远古森林的门,不过好在我们手里还有水晶钥匙。”

“也许月光可以帮你。”夜风看着她。

“月光?”宁诗瑶猛地抬起头,“月光怎样帮我们?”

夜风摇摇头:“我言尽于此。”

话音刚落,一切都消失了。宁诗瑶猛然睁开眼,她又看见了漆黑的夜空,一轮明月挂在天上,皎洁的月光如一层轻纱,静静地洒下来,披在他们身上,有一种别样的温暖和舒适。宁诗瑶很怀疑,刚才发生的一切是不是自己的南柯一梦,然而夜风对她说的话,她记得清清楚楚,好像确实刚刚发生过一般。

她缓缓站起身来,没有惊动雪儿。

"奇诺,"她拉拉他的衣服,"水晶钥匙在你那里吗?"

"在,"奇诺看了她一眼,"有事吗?"

"能不能给我用一下?"

"干什么?"奇诺疑惑地看了看她。宁诗瑶看得出来,经过玩偶叛变的事情后,奇诺的警惕性明显增强,哪怕是对她,也保留着一份谨慎。

宁诗瑶并不在意,她知道只有时刻保持警惕的黑衣人,才能担负起保护世界的职责与使命。

宁诗瑶将刚才的梦境和盘托出。

"哦……"奇诺沉吟着,"你确定那是夜风在给你传递信息吗?"

"我想是的。"宁诗瑶相信自己的判断。奇诺也信任地点点头,将水晶钥匙交给了她。

宁诗瑶将钥匙拿到月光最为明亮的地方,在月光的照耀下,她和奇诺都看到,钥匙发出了柔和的光,和周围的月色融为一体,同时钥匙也渐渐变大,奇诺赶忙把钥匙拿过来,仔细看了看。"上面有字。"他说着,将钥匙又递给宁诗瑶。

宁诗瑶看了看,念出声来:"在有人群聚集的地方,听到最清越的声音,打开最透明的门,便能进入神秘的远古世界。"她抬起头,问奇诺:"这是个谜语吗?"

"应该是。"奇诺拿回钥匙,"解开这个谜语,我想我们就能进入远古森林了。"

奇诺和雪儿换上人类的装束,同宁诗瑶一起,一面装作闲逛的样子东张西望,一面低声交谈。

“谜语?”雪儿挑眉问道,“解开这个谜语就能进入远古森林了是吗?”

“是的。”奇诺点点头,“关键是找到谜语的答案。”

“有人群聚集,清越的声音,透明的门……”雪儿思索着,“什么东西是透明的呢?”

宁诗瑶想到发现水晶钥匙的条件,说:“水!水是透明的呀!”

“水……”奇诺用手托着下巴,“难道又要等到雨天,像水晶钥匙一样?”

“不像,”雪儿回应道,“谜语说:‘有人群聚集的地方’,下了雨,大家都躲开了,怎么聚集呢?”

“的确,”奇诺点点头,“但是水已经符合了两个条件,水是透明的,而泠泠水声也是最清越的声音,只是人群聚集……”说着他的眉头皱了起来。

“也许……”宁诗瑶说出了自己的看法,“有水不一定是雨,也许是水在某一个场景下能引起人们的关注。”

“诗瑶说的有道理。”雪儿点着头说,“而且我想水一定有很多,不然无法形成一道门。”

“有人,有水,水很多……”宁诗瑶低下头静静思索着,然后抬起头来脱口说道,“喷泉!有可能是喷泉!”说话间,他们走到了一个公园附近。

“这是中心公园。”宁诗瑶说着放眼向公园内望去,恰好看到公园中正在喷水的喷泉，无数个水柱，高高低低、时断时续地射向空中，像是一场竞技表演。宁诗瑶看到，有很多人在喷泉附近围观着。

“宁诗瑶说的有道理，答案很可能就是喷泉。”奇诺带头走进了公园，“进去看看吧。”宁诗瑶和雪儿紧跟其后。

水柱还在表演着。宁诗瑶很小的时候就很喜欢这里的喷泉，并且时常来这里观赏，然而这一次，她没有欣赏的兴致，而是将目光紧紧锁定在变幻多姿的水柱和扬起的水花上，期待着能有一扇门出现。然而，喷泉表演已经接近尾声了，依然没有什么异常。“难道我的判断出错了？”她不禁有些疑惑。

喷泉表演结束了，然而他们急切想见到的那一扇门依旧没有出现，三个人的脸上不禁写满了失落。

“难道答案根本就不是喷泉？”雪儿偏着头看着奇诺。

“不应该……”奇诺微微眯着眼睛，“喷泉是目前唯一合理的答案……”猛地他一拍手，“我明白了，其他条件都符合，但是，喷泉的声音太杂了！”

“太杂？”雪儿和宁诗瑶都没有明白奇诺的意思。

“喷泉的水声的确是最清越的声音，但是你们听到没有？除了有水声，还有人们的嘈杂声。”

“人声混浊了水声，”雪儿点点头说，“原来是这样，那我们可以想办法疏散人群。”

“怎么疏散呢？”宁诗瑶问道，“难道又要用魔法制造幻像吗？”

"不用这么麻烦，破坏掉他们的音响就好了。"奇诺表情无奈地说，"我想，工作人员会把它们修好的。"

"那我们今天晚上行动吧。"奇诺果断地说道。

当夜色深沉时，整个城市渐渐安静下来，三个人又一次来到了公园。他们都是头一次搞破坏，但也没有办法，没一会儿，所有音响都哑了。

"明天喷泉还放吗？"雪儿问宁诗瑶。

"放的。"宁诗瑶点点头，"每天那个时间，喷泉都会放的。"

"那我们明天再过来一趟，别忘了穿上隐形斗篷，我想很快我们就能进入远古森林了。"奇诺叮嘱大家。

第二天，三人再次来到喷泉边，奇诺把水晶钥匙紧紧攥在手中，三双眼睛紧盯着喷泉。

喷泉表演开始了，然而对于大多数观赏者来说，这是一次无声的表演，因为没有了音乐，许多参观者怏怏地离去了。宁诗瑶在庆幸的同时又不禁在心里有一丝悲哀，人们不懂得欣赏自然界最动听的音乐，而只看重他们自己创造的旋律。

此时，周围的观赏者已经寥寥无几，剩下的人也没有了以往观赏时的那种专注，有的三三两两地围在一起说笑，有的和自己的孩子在追闹……一个人似乎就是来看报纸的，因灯光昏暗他不得不把眼睛紧紧贴凑到报纸上，一张硕大的报纸把他的脸整个都遮住了。

喷泉依然表演着，然而这次奇诺发现手中的水晶钥匙发出了光芒，似乎想告诉他们什么。奇诺仔细观看着喷泉的表演，与地面垂直的水柱由一边起，落在了另一边，在半空中画了一道完美的弧线，留下一个半圆形。

奇诺望着那个半圆，又看看手中的钥匙。“难道……”他欲言又止，若有所思。

宁诗瑶和雪儿似乎明白了他的意思。“你说，这是不是就是那扇门，那扇通往远古森林的门?”雪儿问道。

宁诗瑶无意间回了一下头，她看到，之前用报纸挡住脸的那个人，此时似乎正在往喷泉这边看着，喷泉的变化吸引着他的目光。

“我先过去看看吧。”奇诺说着，径直向那个半圆走过去，当他走过那个半圆时，宁诗瑶真真切切地看着奇诺不见了。

“就是那道门!”雪儿满脸惊喜，“我们快进去吧。”

宁诗瑶忙点点头，两人并肩向喷泉跑去。宁诗瑶在偏头的一瞬间，用余光下意识地看了一眼那个看报纸的人，看到他一挥手，一道寒光向她们袭来，她本能地拉着雪儿猛地蹲下身去，雪儿看到那道寒光从她们头上掠过后，也立刻明白了是怎么回事。两人的目光不约而同地投向那个看报纸的人。

“鹰之眼!”雪儿对宁诗瑶说，“他能看到我们！诗瑶你先走，我断后!”

“可是……”

“快，来不及了。”雪儿瞥了一眼快要结束的喷泉，一拉宁诗瑶急奔到喷泉半圆弧线前。装作看报纸的人的确是黑衣神的喽啰，他急忙冲上来，但不等他阻挡，眨眼间宁诗瑶已经被雪儿推进了那道门,雪儿转过身来,躲开了那人的袭击。其时,喷泉结束了。

宁诗瑶踉踉跄跄地跌入那道门,腿一软跪在地上。奇诺将她扶起:“雪儿呢?”

“我们……我们遇到了袭击……雪儿将我推了进来,她说她断后!”宁诗瑶惊魂未定。

“哎呀糟了!”奇诺双手狠狠一击,“都怪我!应该让你们先进来的!现在这个点,喷泉应该已经结束了!”

正在这时,奇诺的联络器发出了声响,里面传来了雪儿的声音,“我干掉了黑衣神的密探,但是很遗憾,喷泉已经结束了……”

奇诺缓缓抬起头:“那么接下来将要发生的事情,我们必须自己去应对了。”

宁诗瑶郑重地点了点头。

二十一

十八岁的精灵

奇诺带着宁诗瑶走进了一片广袤的森林。

森林很漂亮，金色的参天大树林立在两旁，有五彩羽毛的鸟儿在宁诗瑶的头顶打着旋，宁诗瑶好奇而又欢快地看着这周围的一切。“这就是远古森林吗？”她问道。这时，有几粒小石子打在她的头上，挺疼。

宁诗瑶转过身，一个身高只达到她腰部的小女孩手拿弹弓，仰头望着她。宁诗瑶的目光与她对视，看到的是一双调皮的眼睛，然而调皮中似乎还有别的东西。

这时奇诺挡在宁诗瑶面前，对那个小女孩说道：“诗雅，你又调皮！”

“奇诺哥哥你来了！”诗雅欢快地跑过来，俏皮地向着奇诺行了一个屈膝礼，而后又好奇地打量着宁诗瑶。

“介绍一下，这是诗雅，森林精灵。她有点调皮，但没有恶意的。”宁诗瑶小心翼翼地走上前来，好奇地打量着诗雅，她们的目光又一次对视，宁诗瑶看到了诗雅快乐的目光，但她似乎感觉到这目光中不纯粹是快乐，她想从中找到其他的情感，却又无处可寻。

“天色不早了，你们今晚留在这里吧！”诗雅跑上来，拽着奇诺的衣服，像个任性而又可爱的孩子。

奇诺点点头，诗雅欢快地在前面带着路，一路跑一路跳，在停下来等奇诺和宁诗瑶时，她会跳起来够树上的果子，时不时还拿几个递给奇诺和宁诗瑶。

走了一会儿，诗雅停下来，说：“你们今晚留下来，需要我做什么吗？”

“嗯，不麻烦你了，去玩吧。”奇诺摸了摸她的头，微笑着说。诗雅蹦蹦跳跳地跑开了。

奇诺凝视着她的背影，轻轻叹了口气：“这是个很可爱的女孩，你猜她多大了？”

“也就五六岁吧。”宁诗瑶笑道，“真是个很天真的孩子。”

“但我感觉……”宁诗瑶犹豫了一下，又小心翼翼地说道：“这个女孩似乎并不是真的那么快乐……”

“你真的有这种感觉？”奇诺诧异的目光让宁诗瑶感到有些不自在。“也许……是我看错了……”

奇诺笑了，他拍了拍宁诗瑶的肩膀说道："敏锐的观察能力对一个黑衣人很重要，但更重要的如果你是一个黑衣人，就必须对自己的判断有信心。你说的没错，诗雅并不是像她表现的那样单纯的。"

宁诗瑶抬起头。"还真的是啊！"

奇诺轻轻叹息着说道："说出来你可能不信，其实诗雅是个十八岁的精灵。"

"十八岁？！"宁诗瑶睁大眼睛看着奇诺，"可一点也不像啊！"

"诗雅真的有十八岁，这一切都是因为她献出了自己的记忆。"

"献出了自己的记忆？"宁诗瑶更觉惊奇。

"是的，"奇诺若有所思地说着，"诗雅自小拥有惊人的魔法天赋，森林里的精灵一般到四岁才开始正式学习魔法，但她从三岁就开始学习了。到了六岁时，她的魔法远比成年精灵高强许多。诗雅十五岁时，被精灵们选举为森林的守护者，她一直在努力练习魔法，保卫着森林，并且一直没出过什么差错，直到那一天……"

宁诗瑶跟着奇诺的思绪和讲述回到了那天的袭击——

那天是诗雅十八岁的生日，精灵们用魔法制作了一个大蛋糕，活泼善良的诗雅收到了许多礼物。森林里一片欢乐的气氛，大家吵吵嚷嚷地把诗雅围在中间，他们在为她唱生日歌。

但是生日歌刚刚唱起，诗雅便听到了远处一阵阵的噪音，她示意大家停下，而后拔出腰间的佩剑，盯着不远处弥漫开来的黑气，其他精灵也都提高了警惕，拔剑出鞘……

是黑衣神和他的喽啰们前来侵袭，精灵们在诗雅的带领下冲进那片黑气迎战，他们拼尽了全力，然而——

浓郁的黑气模糊了他们的双眼，亲自参战的黑衣神发出一阵阵残忍的大笑。诗雅使出浑身解数，想保护其他精灵和整片森林，但她还是听到精灵们接连不断的惨叫声，她自己也中剑了，在和黑衣神勉强打斗了几个回合后，便重重摔倒在地，鲜血不断涌出……

森林中的金雕突出重围去魔镇报信，可是没等魔镇的援军赶来，战斗已经结束了——所有精灵都倒在了血泊中。奇诺在尸体中找到了奄奄一息的诗雅，从她周围围拢的那些敌人尸体来看，诗雅杀死了很多敌人，可她毕竟寡不敌众。奇诺将她带回魔镇养伤，但过了一些时候，诗雅却不辞而别了。

“那后来呢？”宁诗瑶的问话，把奇诺从深深的回忆中拉回到现实。他平视着远方继续说：“后来为了寻找诗雅，我又回到了森林。令人惊奇的是，原本已化为灰烬的森林，竟然又恢复了那一片生机，处处郁郁葱葱。”

“我在那片异常的绿色中找到了诗雅，然而我几乎认不出她了——往日那个十八岁的精灵，已然成为了一个几岁的孩子。更出人意料的是，诗雅似乎已经失去了以前的记忆，她不记得自己经历的那一场惨烈的战争，更不记得自己曾经是这片森林的守护者。我疑虑重重地在这片森林里呆了三个晚上，终于找到了一簇漂亮的花，一切谜团都在心里解开了。”

“再后来，我因为还要保护魔镇和人类世界离开了森林，但当我想再回来时，通往森林的通道已经被水晶钥匙封印，从那以后我再也没见过诗雅。”

“那到底是什么花？”宁诗瑶疑惑地问道。

“记忆之花。”奇诺表情凝重的答道，“那种花具有强大的力量，而它的力量来源是记忆。”

“记忆？”

“是的。诗雅将自己的大部分记忆都给了记忆之花，她自己变成了一个几岁的孩子，而记忆之花释放出的能量使森林恢复了以前的面貌，但诗雅已经不是以前那个精灵了……”奇诺没有再说下去，他静静地沉思着，目光中带着些许的惋惜。宁诗瑶没有再问什么。

过了许久，奇诺抬起头来，说：“诗雅的记忆并没有完全消失，她还记得我的名字，还记得自己是个精灵，甚至有时候会突然闪现一些关于那场战争的画面。但现在的诗雅已经是个孩子了，她受不了那种血淋淋的记忆的打击，更无法面对自己以前的使命。”

“喔……”宁诗瑶不知道该说什么。

“好了，不早了，快休息吧。”奇诺站在一棵树旁，深邃的目光望向远方。宁诗瑶靠在一块石头上，朦朦胧胧地闭上了眼睛。

二十二

记忆之花与远古森林

一阵冷风吹过，宁诗瑶一个激灵睁开了眼睛，她身上盖着奇诺的外衣，但奇诺已经不知去向，只留下她自己和这片此时看起来有些空空荡荡的森林。

宁诗瑶缓缓站起身来，四下里看着。她突然发现，这片之前看起来郁郁葱葱的森林，在夜幕中，竟全然失去了那些充满生机的颜色，变成了一片灰色，是单纯的灰色，没有深浅的差异。

“即使在再黑的夜里，颜色也不会这样单一！”宁诗瑶警觉起来，她四下看了看，向森林深处走去。一路上，宁诗瑶感觉有冷冷的风贴着她的身体穿过，风中似乎还有一些声音，呜呜咽咽，抽抽搭搭，好像孩子的哭声，声音中似乎又夹杂着一些兵器碰撞的声音和惨叫声，好像她正身处战场。

宁诗瑶感觉脊背一阵阵发凉，但只能硬着头皮往前走。

突然，一道光在眼前亮起来了，宁诗瑶心里一阵喜悦，走了这么久，总算见到了光。她加快了脚步，面前是一个山洞，那道光就是来自这里，在这片森林中看起来有些幽幽的。

宁诗瑶迟疑了一下，走进了那个山洞。

“奇诺！”她叫出声来。面前那个人背对着她，但她还是一下就认出他来了。一瞬间，她心里一片释然。

奇诺回过头，不免有些惊奇和不满：“你怎么来了？”说着他又回过头去，宁诗瑶这才发现，奇诺正在凝视一簇美丽的花。

“这是……”

“记忆之花。”奇诺沉声回答道，眼睛却不曾离开那簇花，眼神中似乎还带着一丝忧虑。宁诗瑶静静地站在他身边，盯着那簇花，似乎想从中挖掘出什么。

外面似乎起风了，宁诗瑶看到那簇花开始轻轻摇曳，发出一阵沁人心脾的清香。“来啊……来啊……”好像有个声音在召唤她。她像着了魔一样，手不由自主地慢慢向那簇花伸去。

“你干什么?!”奇诺一把把她的胳膊拽回来，宁诗瑶好像刚从一场梦中醒来一般，她使劲晃了晃头，闭上了眼睛。

眼前并没有出现该有的一片黑暗，宁诗瑶看到了另一幅景象：

高大的树木巍然林立，偌大的一片森林，却没有多少生灵。地上光秃秃的，没有花，只有一棵棵树和一片片苔藓。半空中时不时有几只蝙蝠掠过。森林深处,不知名的野兽大声吼叫着,平添了一种恐怖的气氛。

在这一片骇人的景象中,宁诗瑶看到了一簇花,不是刚刚看到的记忆之花,而是另一种漂亮而瘆人的花。花瓣的颜色似死人的脸一般惨白,花蕊却带着淡淡的紫,整簇花散发着鬼魅一般的气息。

宁诗瑶似乎就站在这簇花的前面,她想走上前仔细看看,可是那簇花就像长了眼睛,她刚刚走进,它的花瓣突然放大百倍向她扑来,要把她收拢其中,她猝不及防,生命好像在一点一点地被抽干。

“啊!”她突然睁开眼睛,大口地喘着气,好像刚刚从一场噩梦中醒来。实际上,刚才看到的、经历到的,比做了一场噩梦还可怕。

“怎么了?”奇诺微微偏了偏头。

“没事……”宁诗瑶惊魂未定地喘着气,“刚才我看到了一片森林,里面有一簇花,它似乎会杀人,差点要了我的命……”

“一簇会杀人的花……”奇诺若有所思,猛地,他抬起头来,几乎是喊了出来:“死亡之花!那簇花是什么样子?”

“花瓣非常白,花蕊是紫色的。”

“果然是死亡之花,它已经长成一簇了……”奇诺喃喃道。而宁诗瑶此时才从惊吓中缓过神来,她擦了擦头上的冷汗,问道:“奇诺……你刚才……说什么?”

“你看到的就是死亡之花。”奇诺此时已经平静下来,“你再想想，是从哪里看到它们的？是在这片森林里吗？”

“不，不是这里。”宁诗瑶回想起那片森林的样子，“那也是片森林，可是比这里还要恐怖，地上全是苔藓，还有野兽在吼叫……”

奇诺的眉头皱了起来：“这片森林的确不是这个样子的，可是有魔法力量的森林只有这一片啊……奇怪，你怎么看到的……”

宁诗瑶不经意地回了一下头，外面不知何时已经出现了月亮，微弱的月光照了进来，正好照在一块光滑的石头上。宁诗瑶突然发现，石头上似乎有些密密麻麻的花纹。她眯了眯眼睛，又仔仔细细看了看，说：“那块石头上有字！”

“不必大惊小怪，”奇诺并没有在意，“这是魔法森林，石头上有字很正常。”

宁诗瑶还是很好奇，于是她轻手轻脚地走过去，仔细看着，石头上光溜溜的，刚才的字似乎一瞬间都不见了。

宁诗瑶有些不甘心，她用手轻轻地抚摸着石头，心里盘算着怎么让那些字重现。宁诗瑶有时候很相信直觉，她觉得天地间似乎真的有一股神秘的力量，引领着她的直觉。平时她时常会靠直觉办事，这听起来很不靠谱，但直觉几乎没有给她帮过倒忙。

宁诗瑶轻抚着石头，闭上眼睛，脑海中回放着刚才她去过的森林，以及她见到的那簇花。当她睁开眼睛时，她几乎要叫出声来——石头上真的出现了一行行小字：

死亡之花生长在真正的远古森林，那里已经被注入了黑暗力量。十八岁的精灵用自己的记忆换来了一片用魔法制成

的幻影森林，堵住了远古森林的入口，因为那里面的死亡之花有致人死命的力量。进入远古森林唯一的方法，就是将这片幻影森林连同记忆之花一起毁掉，但同时记忆的主人也将不复存在。

“将幻影森林和记忆之花毁掉！同时记忆的主人也将不复存在！”宁诗瑶轻轻叫出声来，同时打了一个冷战。

“怎么了？”闻声而来的奇诺半跪在她身旁，他也看到了那一行行字，倒吸了一口冷气。

“你是对的，宁诗瑶。作为一个黑衣人，不能放过任何一个细微的线索。”奇诺不无赞许地对宁诗瑶说。

“可是……”宁诗瑶的声音有些发颤，“如果我们进入远古森林，诗雅她会……”

奇诺沉吟片刻，“先不要向诗雅透露这件事，我们看看还有没有别的办法。”

两人走出山洞，月亮当头，两个怅然的身影被拉得很长很长……

第二天，宁诗瑶醒得很早，然而当她睁开眼时，奇诺已经在前面站着了。从他脚下被踩得碎碎的落叶来看，他一夜未眠。

宁诗瑶站起身来：“奇诺，诗雅呢？”

“她去玩了。成为一个孩子后，她整天在森林里到处跑。”奇诺的眼神很复杂，不知是难过、惋惜还是欣慰。

“除了牺牲诗雅，难道真的没有别的办法了吗？”

“我不知道。”奇诺摇摇头，“但目前似乎只有这一个办法。”

宁诗瑶长长地叹了一口气。

“你们在说什么呢？”背后响起一个声音。

奇诺和宁诗瑶回过头，正是诗雅。

“啊……没，没什么。”宁诗瑶慌慌张张地掩饰道。

“是吗？”诗雅怀疑的眼光使宁诗瑶一阵紧张。莫非她已经知道了石头上的字？还是奇诺比较冷静。他说：“啊，没什么，我们在说一些小事。诗雅，你怎么在这里？”

“哦，我找到了一些果子，就给你们带来了。”诗雅笑嘻嘻地拿出几个鲜亮的果子，递给奇诺和宁诗瑶，自己留了一个，一口一口地啃起来。宁诗瑶望着她快乐的样子，心里不禁有一些酸楚：为什么进入远古森林要付出这样的代价？好在她现在还不知道。

二十三

诗雅的抉择

诗雅坐在山洞里，望着记忆之花发呆。良久，眼里竟然有两行泪落下。

她已经看到石头上的字了，并且她确信，宁诗瑶和奇诺也看到了，但他们似乎还不准备告诉她。她知道，他们不想让她为难，然而她已经陷入一个极其为难的境地了。

她凝视着那簇花，闭上眼睛，似乎恢复了对以前的场景的记忆：

一片火光，火光中是同伴气若游丝的呻吟，是黑衣神邪恶的笑声……

“精灵，你们已经完了。这片森林是我的了，哈哈哈哈……”黑衣神的笑声如同来自地狱。

“我，我不会让你们得逞的……”她用尽最后一点力气挥起剑，却被黑衣神轻松挡开，紧接着，她还没反应过来，就觉得胸口一阵冰凉，长剑穿心，而后带血抽出，她无声地倒下，奄奄一息。眼前渐渐模糊，只剩下一片火海，被她深爱、被她保护的森林渐渐化为灰烬……

“不！”诗雅猛地睁开眼睛。她还是身处在那个山洞里，她擦了擦头上的冷汗，凝视着那簇花，说道：“你们并没有收尽我的记忆……它们又回来了，我感受得到……”

“是的，我们并没有收尽你的记忆。”记忆之花说了话，诗雅“呼”地站起来。

“怎么回事？你们……”

“是那个新来的女孩唤醒了我们，也唤醒了神石。”

“神石？是那块有字的石头。那个女孩是宁诗瑶吧？”

“是的，就是那个和奇诺在一起的女孩。她明白进入远古森林的方法，奇诺也明白，我想你更明白……”

诗雅瘫坐在地上，头埋在两臂之间，嘤嘤哭起来，难过地问：“必须这样吗？我真的必须死吗？还有你们，也必须毁灭吗？”

“是的，精灵。你，我们，还有这片森林，都必须作出抉择。你不是个几岁的孩子，你是个十八岁的精灵，是远古森林的守护者，这是你的责任，也是我们的责任。”

诗雅伸出颤抖的双手，摘下了那朵记忆之花，放在鼻端。

“我能感受到的，是森林的气息……”诗雅喃喃地说着，眼前又重现了以前的生活。那片郁郁葱葱的真正的森林，那些活蹦乱跳的伙伴，还有那神圣的使命……如今这一切都不复存在了，有的只是这片幻影森林，可这片森林，真的属于她吗？

“幻影森林不属于我，我守护的，应是那片真正的森林，死亡之花盛开的地方。”诗雅语气坚定地自言自语着。

“我想你知道，远古森林并没有真正被烧掉，黑衣神将他的黑暗力量注入森林，就是为了得到死亡之花。如今，黑衣神经过了千百年的等待，终于等到了死亡之花的花期。如果让他得到盛放的花，后果不堪设想。”奇诺的声音响起，诗雅转过身来。

奇诺和宁诗瑶站在洞口，“对不起，诗雅，我们找不到其他进入远古森林的方法。”

“我已经作出了我的抉择。”诗雅平静如水，已然不再是一个几岁的孩子，那种久违的使命感和责任感一起涌上心头。

“永别了。”诗雅凄然笑笑，慢慢向着那簇花走去，将它们全部摘下。

花茎全部从中折断，记忆一下子都回来了，而外表本是个孩子的诗雅，也一瞬间变回了那个十八岁的精灵，更漂亮，更沉稳，也更坚强。

“诗雅！”宁诗瑶不顾一切地跑过去，紧紧抱住她，“诗雅……”

此时的诗雅，真的是一个十八岁的姐姐。她微笑着抚摸着宁诗瑶的头，说道：“进入森林后，一定要帮奇诺找到死亡之花，把它毁掉，魔镇和人类世界的命运，就靠你们了。”

宁诗瑶擦干眼泪，郑重地点了点头。

奇诺走上前来，眼圈似乎也有些发红，诗雅强笑着，似长者般地叮嘱他：“保护好这个女孩，保护好魔镇和人类世界。”

奇诺一言不发，只是微微点头，攥着拳头，用眼神示意诗雅放心。

诗雅将几朵记忆之花递给奇诺：“也许它们还可以帮你。”

“我会留好它们。”奇诺的嗓音有些异样。

“永别了！”诗雅将剩下的几朵记忆之花扔在地上，随后一挥手，那几朵花上随即迸发出火焰，刹那间整片森林都烧起来了。

诗雅的身体被火大片大片地吞噬着，她脸上露着微笑，微笑在诠释着她短暂的一生，微笑在诉说着她对奇诺和宁诗瑶的嘱托。

奇诺和宁诗瑶将右手放在左肩上，躬身致意，全然不觉中已是泪流满面。

周围的一切都消失了，转眼间，奇诺和宁诗瑶已经置身于一片黑漆漆的广袤森林中。

二十四

血 雨

“这里就是真正的远古森林吗?”宁诗瑶惊疑不定地四下张望着,“比我看到的还恐怖。”

的确,森林比她看到的还要黑,更可怕的是,宁诗瑶时不时在树上看到一个或几个骷髅头,她不禁紧紧地抓住奇诺的胳膊。

“这里已经被注入了黑衣神的力量,步步杀机,你要小心点,不能单独行动,尤其不要靠近任何疑似死亡之花的植物。”奇诺提醒着宁诗瑶,同时机警地注视着周围,以备不测。

“死亡之花在哪里呢?”宁诗瑶有些不安地问道。

“不知道,但我们必须在黑衣神之前拿到它们,然后把它们毁掉。”奇诺语气里透着坚定。

“黑衣神进不来吧？他没有钥匙啊。”宁诗瑶心存一丝侥幸地说。

“不,他能进来。”奇诺摇摇头,“这里有他的力量,是他的地盘。只要门被打开过,他没有钥匙也能进来。”

宁诗瑶没有说话,只是把手缓缓放在腰间的刀柄上。这时一阵雷声自天际而来,震得宁诗瑶头皮发麻。“要下雨了。”她轻轻说着。

奇诺仰头望天,天色阴沉,滚滚乌云中带有血一般的红色。“天色好像有些不对……是血雨!”奇诺快速判断着,他来不及再说什么,拉着宁诗瑶夺路飞奔,周围的景物飞速倒退。宁诗瑶茫然地跟着他,只觉得耳边呼呼生风。

两人终于到了一处小亭子下面,宁诗瑶刚喘口气,便听到外面“哗啦哗啦”的声音。“真的下雨了。”她很喜欢欣赏雨景,但几秒钟后瞳孔便张大了。她惊讶地说:“雨果然是红色！像鲜血一样!”

“这是血雨。”奇诺倚在亭子的柱子上,望着外面,“血雨是由历代死去的黑暗使者的血液组成的,它的黑暗力量能腐蚀人心,使沾上它们的人失去心智,变成黑衣神的傀儡。”

“喔……”宁诗瑶双手撑在亭子的栏杆上,探头往外面看着,但不敢把头伸得太远。

“小心点。”奇诺说道,“别沾上血雨。”

“放心吧!”宁诗瑶回过头。这时有一两滴雨水溅到她的手上,一道红光在其上闪过,然而宁诗瑶并没有察觉。

不知不觉夜已经深了，奇诺双臂环抱凝望着深不见尽头的森林，静静思索着死亡之花的事情。宁诗瑶已经睡熟，垫在脑袋下面的手突然闪起红光，血红血红的，猛地，宁诗瑶睁开了眼睛。

宁诗瑶无声地站起来，转身走开，奇诺回过头时，她已经走得很远了。

宁诗瑶的目光有些呆滞，好像被什么东西支配着一般，空洞茫然。她的脚步没有停止，一步一步，穿过一片片树林。森林深处，传来野兽的叫声，就像她先前在幻境中听到的一般，然而她却没有表现出一丝恐惧，她的眼睛望着前方，她行走的方向正是那有野兽嗥叫的方向。她手上又出现了红光，一直蔓延到手臂。

宁诗瑶猛地站住了，眼睛又有了神采，她使劲晃晃头，惊疑不定地四下看着。“这是哪里？我梦游了吗？奇诺呢？”她边想边转过身去，身后又传来莫名野兽的嗥叫。宁诗瑶脊背一阵阵发麻。

她做了一个深呼吸。“赶快回去！”她低声命令着自己。然而刚刚迈开脚步，却又收了回来。而后，她慢慢转过身，手臂上红光闪过，她毫无顾忌地向着先前行走的方向走去，越走越深。

“宁诗瑶！宁诗瑶！”奇诺一路压低声音呼喊着。迎着宁诗瑶行进的方向，一阵阵野兽的嗥叫声传来，奇诺心头涌起一种不祥的预感。

“宁诗瑶！你在哪？回答我！”奇诺有些着急，他知道宁诗瑶平时是不乱跑的。

“我在这里。”一阵沙沙声过后，宁诗瑶从天而降，带下一地落叶。

奇诺松了口气,随即责问宁诗瑶:“我不是跟你说过不要乱跑吗? 你这样很危险知不知道?”

“真对不起。”宁诗瑶低下头,“刚才我梦游到了这里,听到有野兽的叫声,很害怕,就躲在了树上。”

“这次是你幸运。”奇诺放缓了语气,“以后小心点,这里很危险。”宁诗瑶连连点头。

“好了,快和我回去吧。”奇诺拉起宁诗瑶的手臂,“你的胳膊好像在发热,是不是着凉了?”

“啊……我,我没事啊,可能刚到这里,有些紧张吧。”宁诗瑶的眼睛望着地面,不敢抬头。

“这样啊,不用太害怕,还有我可以保护你的。”

宁诗瑶心里流过一阵暖流,但随即眼神又冰冷起来。

奇诺浑然不觉地拉着宁诗瑶往回走,丝毫没有注意到她的手臂上闪过一道近乎黑色的暗红光。

二十五

落 花

远古森林里存在黑暗魔法，但这些魔法并不妨碍春天的光顾。一夜之间，这里的树都开满了花，空气中弥漫着醉人的香气。宁诗瑶使劲地吸着鼻子，妄想将这些香气全部吸走。

“别吸得这么厉害。”奇诺哑然失笑，“你又不是第一次闻到花香，再说了，这些香气说不定有毒呢。”

“有毒？不会吧？”宁诗瑶抬头看着一树的绚烂。

“好了，走吧。我们还要找死亡之花呢！”

“喔。”宁诗瑶低头赶路，她知道这种花的重要性和可怕，毁掉它们义不容辞，也刻不容缓。

突然，手臂上又泛起一道红光，宁诗瑶的眼神瞬间尖利起来，像两把小刀子。

一个声音在她心里回响着:“瞄准他的背,一剑刺下去吧……杀了他,你会拥有全部……”宁诗瑶目光茫然无神,手却缓缓放到了腰间……

“不!”宁诗瑶恍然醒过神来,“你是什么人?你是黑衣神的爪牙吗?你不会得逞,我不会听你的!”她的手攥成了拳头,等待着那个人的出现,以便随时给他一拳或狠狠踢他一脚,谁让他胡说八道!

可是什么人也没出现,面前只有奇诺,宁诗瑶这才发现他正诧异地看着自己。

“你怎么了?突然一个人站在那里,念念有词的。”奇诺不解地问道。

“哦……没事,我在自言自语呢。”宁诗瑶回过神来。

奇诺的眼里闪过一丝怀疑,但他没有再说什么,只是招招手示意宁诗瑶跟上他。宁诗瑶赶紧跟了过去。

奇诺浑然不知地向前走着,寻找着死亡之花,而宁诗瑶则显得心事重重,她回顾着之前发生的事,不知道自己是不是中了邪。

这时一片沁人心脾的香气飘来,宁诗瑶向前望去,霎时惊呆了。

面前呈现的是只有画里才有的场景:一棵树在风中轻摇着枝条,一片片花瓣翩迁下落,好像是九天仙女撒下的花瓣,落英缤纷,地上阴森森的苔藓此时绿的水灵灵的,上面覆着花瓣铺成的地毯。

一向被认为很俗气的“红配绿”此时却成了宁诗瑶眼里最美丽的搭配。一瞬间周围的空气变得很香很香，温柔地把宁诗瑶和奇诺包裹在中央……

宁诗瑶不禁露出了心旷神怡的微笑，奇诺的眼中也闪过一丝神采。

“好漂亮啊，不是吗？”宁诗瑶发出梦呓一般的赞叹。

“是啊，看来黑衣神并不讨厌这里的春天，实际上他很可能也在盼着春天，因为花都是在春天开的，我想离死亡之花开放的时日也不远了。”

死亡之花！这四个字触动了宁诗瑶的神经，她猛然想起了自己的任务。然而就在此时，手臂上的红光又一次闪过。

一种声音在宁诗瑶的脑海里嗡嗡作响：“是的，要找到死亡之花，不过不是为了你，奇诺。谢谢你对我的照顾，但为了黑衣神大人的统治，我还是要赶在你前面找到死亡之花。只有杀了你，才能给黑衣神大人一个交代。”宁诗瑶的手不知何时已经握紧了佩剑，并顺势举起剑，向着奇诺的后心刺过去。

“你怎么了？”奇诺回过头，看到宁诗瑶手中执剑，不免有些诧异。

“哦，我刚才听到周围有些响动，担心有危险……”

“响动？难道是黑衣神的人？”奇诺一侧身挡在宁诗瑶前面，警惕地查看周围的情况。

宁诗瑶缓缓举起手中剑，手却突然颤抖起来了。

奇诺浑然不知，他执剑在手，说道：“如果出了什么事，你一定赶快跑，别管我。”他压低声音吩咐着宁诗瑶，宁诗瑶的手颤抖得更厉害了，胳膊上却依然火辣辣地发热。

“应该没事……”宁诗瑶的声音有些犹豫，“也许只是一点风吹草动，我太杞人忧天了。”她努力将剑放回腰间。

“但愿如此。”奇诺仍没有放松警惕，“这里太危险，也许我不该把你带来。”

“你这是怎么了？为什么不杀了他?！你想违背黑衣神大人的命令吗？快，现在还来得及，杀了他，否则他一定会坏你的事！”心里又一次出现了那个声音，带着一种不可违抗的语气。

“你到底是谁?！走开！我讨厌你！”宁诗瑶不可控制地大喊起来，把奇诺吓了一跳，连忙问道：“你怎么了？”

宁诗瑶抱住头，痛苦地说：“对，对不起。”她尽全力不理会心里那个声音，拼命往森林深处跑去。她全然忘记了森林里的危险，只想快点摆脱那个声音的折磨，可是她做不到，它一直跟着她，她甩不掉它。

“回头，回去，杀了他。我会告诉你死亡之花的位置，把它们交给黑衣神，你就胜利了，你会得到这个世界的，只要听命于黑衣神……”

“滚！滚开！我不要听你的，你走！走！”宁诗瑶歇斯底里地喊着，拼命地奔跑。身后，是呼呼的风的低吟，还有奇诺呼唤她的声音，然而她无暇顾及。

跑，跑，她跑出了一身汗。不知不觉已经没有那个声音了，她渐渐停住步子，靠在一棵树上，大口大口地喘气。

几片花瓣从她头上落下来,洋洋洒洒,带着阵阵香气,好像一只温暖的手,温和地平息她内心的烦躁。宁诗瑶渐渐平静下来,她接住一片花瓣,将它贴在唇边,轻轻吻着,温柔的香气进入她的体内,宁诗瑶突然有想哭的感觉。

"不要逃避,这是你的挑战。"一个柔柔的声音响起,细若蝉鸣。

"谁?"宁诗瑶惊恐地抬起头,"是谁?"

"我们就在你身边。"声音是从周围的花瓣上发出来的,"我们原是魔法森林里的花精灵,不过都被注入了黑暗魔法,只有在花期才能释放出自己的能量。"

宁诗瑶抬起头,仰望着纷纷掉落的花瓣,它们好像是雪花,一片一片,都那么清纯。

"我想有一种力量侵入了我的身体,控制了我的思维。"宁诗瑶有些痛苦地说着。

"孩子,既然你走了这条路,就要克服路上的一切困难。"周围无数的落花聚集在一起,发出耀眼的纯白色的光,宁诗瑶不禁闭上了眼睛,但她仍然能感觉到似乎有万丈光芒,驱走了黑暗。

待她再睁开眼睛时,光芒已经不见了,映入眼帘的是一盏灯,一盏纯白色的灯,它发出银白色的光芒,好像夜晚的星辰。

"无尽的黑暗中,这盏灯会给你带来光明,不要逃避,不要害怕,坚守你自己的光明,你会打败黑暗的。"耳边再次响起花瓣的声音。

宁诗瑶紧握着手中的灯,嘴角露出了微笑,两行泪却不知不觉落下。

二十六

树林迷宫

奇诺到底还是找到了宁诗瑶,关切地问:“你刚才怎么了,是不是哪里不舒服?”

“我没事。”宁诗瑶勉强地笑了笑,“最近好像有点耳鸣,总是听到一些奇怪的声音。”她说着向前走去。奇诺疑惑地偏过头,问道:“奇怪的声音?”他的眉毛挑了起来。

“我不知道你究竟出了什么事,但我相信你会经得住任何考验。从你身上,我看得出,人类,比我想象得要坚强许多。”

宁诗瑶静静地站在那里,抚摸着手中的由花瓣做成的灯。“无尽的黑暗中,我们需要坚守光明……”她心里默念着。

“我们好像迷路了。”奇诺轻声说道。奇诺和宁诗瑶身处在一片树林里,这里除了树还是树。

“这个地方我们好像来过哎。”宁诗瑶指着前面的一棵树,“这棵树我们见过的。”

“这里相像的树有很多,”奇诺仍不停步,“不要自己吓唬自己。”

……

“你觉得我们是在自己吓唬自己吗?”宁诗瑶指着面前的那棵奇形怪状的树,“这棵树我们已经见过两次了。”

“唉?”奇诺晃了晃脑袋,“也许我们真的迷路了,这里好像一个迷宫。”

宁诗瑶抬头看了看,说:“不如我们到树上去看看?站得高看得远嘛!”

“也好。”奇诺向前走了几步,“就那棵树吧。”他敏捷地爬了上去,宁诗瑶也像一个小猴子似的紧随其后。两人很快爬到了最高点,奇诺向下探着头。

“什么也看不到。”奇诺有些灰心地说。

“是吗?”宁诗瑶探出头向下看着。的确,什么也看不到,下面是一片白茫茫的雾,它遮住了一切。

“你记得这里刚才有雾吗?”奇诺凝视着下方的那团雾。

“好像没有。”宁诗瑶摇着头回答。

奇诺点了点头,说:“这一定是黑衣神一手炮制的,看来他想在这里困住我们。”

“这么说黑衣神已经进来了?!”宁诗瑶有点惊慌地问道。

“我想是的,很快我们就能见到他了,我们先下去吧。”奇诺显然比宁诗瑶镇静。

两人很快又回到了地面上,天色逐渐暗了,夕阳西下,如血的残阳映红了一片天。

“夜幕又要降临了。”宁诗瑶自语着,目光端详着手中那盏灯,一边端详,一边在手中轻柔地把玩着。随着慢慢的旋转,灯罩发出一阵乳白色的光辉,宁诗瑶捡起一片树叶放在唇边,吹出动人的旋律,心里禁不住轻轻跟着哼唱起来:

又一次看到夜幕降临,
又一次看到天上的繁星。
我喜欢那微弱的光明,
给人带来希望,
即使它那么微不足道。
手中握一盏明灯,
心中有一片光明,
夺目耀眼,
犹如天上的繁星。
在无尽的黑暗中,
需要有人坚守光明。

一曲终了,宁诗瑶松开手,树叶缓缓掉在地上,划出一道弧线。

太阳落山了,夜色渐渐填满了整个天空,但不管是宁诗瑶还是奇诺,都没有丝毫的困意。

“还没睡?”奇诺看着天上的星空,“发现没有,今晚的星星出奇地多噢。”

“嗯,”宁诗瑶点点头,“无边的夜空中,星星可以带来光明。”

“啧,这么有诗意啊。”奇诺笑着打趣她。宁诗瑶也轻轻地笑起来,说:“哎,你看,星星在动!人间从来看不到这种情况的!”

“是啊,”奇诺点点头,忽然又说道,“等等!”

“怎么了?”

“你仔细看,星空,像不像一幅图?”

“图?”宁诗瑶仔细端详,“的确!好像……一个迷宫!是不是我们现在所在的这个迷宫?”

“如果没记错的话……”宁诗瑶在兜里掏着,“我应该是把相机带来了。”果然,一个小巧的迷你相机被掏了出来,宁诗瑶将它对准天空,“咔嚓”一声,天上的迷宫图被记录下来。

奇诺拿过宁诗瑶的相机,手指在上面轻轻划着。随着手指的移动,一条弯弯曲曲的线在照片上显现出来,显然这是一条走出迷宫的路。“我们顺着这条路走就可以了。”奇诺语调轻松地说着,指着那幅图的一个点,“我们的位置在这儿。”

在满天的星辰下,奇诺和宁诗瑶终于奔出了出口。他们仰望着满天繁星,露出了舒心的微笑。

没人注意到,宁诗瑶的手臂再次微微泛起了红光。

二十七

拒绝黑暗

“他们竟能逃出迷宫?!”黑衣神的牙咬得“咔咔”响。

“他们的确逃出去了。那天,天上的星星组成了一幅图,正好是树林里的迷宫。”政绍眉头紧锁,手托着下巴。

“你觉得这是巧合吗?”

“肯定是巧合!”狞狼忙不迭地答道,“黑衣神大人魔力非凡,神通广大,就凭一个黑衣人和一个人类,怎能逃出您设下的迷宫?”

“少说废话!”黑衣神手一挥,“我又没有问你!”黑衣神有些气急败坏。

“也许这真是一个巧合。”政绍在瞥了狞狼一眼后走上前说,“但我仔细地想过,宁诗瑶只是个人类女孩,但她却能在一次次的巧合中幸免于难，确实有点不可思议。她十岁那年在奇诺的帮助下逃脱了狞狼的抓捕，”政绍说到这里时，狞狼浑身剧烈地抖了一下，政绍没有理会他继续说着，“后来她又独自毁掉了鬼镜，这次又和奇诺一起逃出了迷宫。据我所知，她已经被血雨沾染，但现在却还没有被彻底侵蚀，而且自从她被当作我们的追杀目标后，我们一直试图干掉她，她却一次次得以逃脱。我觉得，寻常的人类女孩不会轻易做到这点的。”

“你的意思是……”黑衣神满脸疑惑地问道。

“属下参不透这其中的玄机，也许宁诗瑶身上还隐藏着什么秘密。”政绍微微眯了眯眼睛，“但我想我可以劝她投靠您，即使不成功，同她的接近也可以加速激活她体内血雨的能量。”

“有道理。”黑衣神频频点头，“这件事你去办吧，对了，狞狼也一起去吧。”

奇诺和宁诗瑶正站在一棵高高的树上。“你能看见有什么花吗?”奇诺问道。宁诗瑶使劲眯着眼睛，说:“我找不到哎!”

“我也找不到，离死亡之花开放应该只剩七天了，我们必须要赶在黑衣神之前，在死亡之花开放之前找到它。”奇诺坚决地说。

“嗯!”宁诗瑶的眼睛一丝不苟地四处看着，突然她看到了远方两个正在移动的黑影。

“那是什么？好像是两个人!”宁诗瑶惊呼道。

“怎么了?”奇诺回过头来。

“那里好像有人在动!”宁诗瑶用手一指，奇诺仔细看了看她指的方向，说："没有啊。"

"刚才明明有的。"宁诗瑶的视力不错，她相信自己不会看走眼。

"也许是黑衣神的人，"奇诺皱皱眉头，"你得小心一点。"

"我知道。"宁诗瑶又看向别处，这时她感到手臂上一阵炽热的疼痛。

没有任何预兆，宁诗瑶突然跳下了树，稳稳地落在了地上，丝毫没有迟疑，她向刚才有黑影的方向跑去。

"宁诗瑶！"奇诺起身欲追，有人拉住了他，说："政绍不会伤害诗瑶的。"

"雪儿！"奇诺回过头，"你怎么进来的?!"

"当然是跟着黑衣神进来的。"雪儿诡笑，随后又正色道，"难道你没有感到宁诗瑶这两天有些不对劲吗？"

"宁诗瑶她……最近的确有些异常。"奇诺回忆起她种种奇怪的表现。

"她一定接触过了血雨！"雪儿放低了声音，"接触过血雨的人都会有这种征兆，宁诗瑶算自控力强的，换了别人早带着你的项上人头去找黑衣神邀功请赏了。"

"确实挺悬啊……"奇诺深吸了一口气，"现在宁诗瑶去哪里了？去找政绍吗？"

"是的。"雪儿亮出手中的一个奇形怪状的仪器，"这是幻羽给我的魔法道具，可以远距离做瞬间转移，刚才就在宁诗瑶跑过去的那个方向,我看到了政绍和狞狼。"

奇诺点点头,说:"宁诗瑶刚才一定又被血雨控制了,平时她不会一个人乱跑的。你确定政绍不会伤她?"

"我确定。"雪儿诡笑着点点头,"你一定没想到,我刚才偷听了黑衣神和政绍他们的对话,政绍他们这次找诗瑶是想劝她投降的。"

"政绍的出现会影响宁诗瑶的自控力,"奇诺望向宁诗瑶离开的方向,"我们必须跟上去。"

此时宁诗瑶已经跑到了一片空地上。她站住了脚步,突然一抬头,"这是哪里,我怎么会跑到这儿来,难道……我又失控了"?!她一个激灵,拔腿又向来时的方向跑去。

"你还没见到我,就要回去?"面前有两个人影从天而降,正是政绍和狞狼。

"是你们?!"宁诗瑶下意识地后退一步,拔出剑来,"你们又来捣乱?"

"我们是来和你谈判的。"政绍拽着狞狼也往后退了一步,表示他没有敌意,"我们一直明争暗斗,难道你就不觉得厌烦吗?"

"你想说什么?"宁诗瑶厉声问道。

"加入黑衣神的队伍吧,我们需要你,你是个不可多得的人才。"政绍假意恭维道。

"少来这套!"宁诗瑶不屑地笑了一下,"如果我没猜错的话,那个玩偶就是听信了你的花言巧语,才会叛变的吧?"

“准确的判断，”政绍赞许地笑了笑，“我想你比其他人类都优秀，可惜跟着奇诺，你的生命总是岌岌可危，你也看到了，他不是我的对手，你真的愿意一次次冒险吗？”

“你不会懂的。”宁诗瑶把头扭向一边，“如果我贪生怕死，就不会跟着奇诺来这里，奇诺两次救过我的命，你是黑衣神的爪牙，这些你不会懂。”

“你们没有什么胜算。”狞狼脸上露出了狞笑，“死亡之花还有七天就要开了，你们却仍然没找到它。当黑衣神大人拿到死亡之花的时候，你和奇诺都会死得很惨！”

“你这么确定黑衣神就能找到它？”宁诗瑶眼里露出一丝不屑。

“当然，我们黑衣神大人刚刚得到一幅能帮助找到死亡之花的……”狞狼还没说完，就被政绍狠狠拧了一下，他意识到自己说错了什么，连忙闭上嘴。

“宁诗瑶，你好好想一想。”政绍莫测高深地微笑着，“黑衣神大人很快就会统治世界，如果现在你能投奔他，可以加快他成功的进度，而在我的保护下，你也会更加安全，还可以学到更多本领，何乐而不为呢？”

“我不会听信你的鬼话，更不会背叛奇诺，”宁诗瑶不为所动，“你们死心吧！”

“死丫头，敬酒不吃吃罚酒。”狞狼再也忍不住了，拔出刀劈头向宁诗瑶砍来，宁诗瑶早已全神戒备，准备还击。

“住手。”政绍拦住狞狼，“宁诗瑶，你慎重考虑一下，究竟哪个选择更适合你,我们走。"说着他和狞狼纵身一跃,离开了。

宁诗瑶松了一口气,将剑插回腰间。躲在附近丛林中的奇诺和雪儿对视一眼,露出了赞许的微笑。

"为什么不杀死她?"狞狼向政绍抱怨着,"留她给黑衣神大人添乱吗?"

"她早晚会归顺黑衣神大人的。"政绍信心满满,"她沾染了血雨,很快黑暗力量就会填满她的内心。"

"那就好……"狞狼这么说着,心里却很不舒服,就因为这个宁诗瑶,他已经多次在黑衣神和政绍面前丢脸,如果宁诗瑶再加入到他们的阵营,黑衣神一定会更加不信任、不器重自己。因此,比起让那个女孩成为黑衣神的什么得力助手,他宁愿她赶紧死掉以泄他心头之恨。

政绍对狞狼的想法一无所知,他自言自语道:"其实说实话,如果能自己做主,我宁愿把宁诗瑶送回人类世界,让她再也不要涉入这些危险。"

二十八

地　图

“换了我是黑衣神，一定会趁早把犲狼杀了，他总是坏事。”雪儿“咻咻”笑着，“我们真要好好谢谢他，他为我们提供了一个重要的线索。”

“话是这样说，但我们的时间已经不多了，听犲狼的意思，黑衣神那里应该有什么能找到死亡之花的东西，”奇诺好像忽然想到了什么，“记得我曾在幻羽的资料室里看到过一个记载，传说精灵族的精灵王把死亡之花扔下悬崖后，死亡之花神奇地找到了适合自己生长的地方得以存活，精灵王后来又发现了死亡之花，并制作了一幅标记着它生长位置的地图，”奇诺顿了顿继续说道：“但精灵王把地图放到了哪儿资料中没有记载，看来黑衣神应该是刚刚偶然得到了这幅地图，我们现在唯一的选择就是把它拿到手"奇诺神色凝重，"是时候该冒险了，我们必须潜到黑衣神身边，伺机下手。"

"我们什么时候动身？"宁诗瑶急切地问道。

奇诺抬头看了看天色，说道："事不宜迟，就现在。"

"我说政绍，算我求你了行不行？"狞狼一遍遍叨叨着，全然不顾政绍的厌烦，"如果黑衣神大人知道我说漏了嘴，他不会放过我的……"

"你有完没完啊？！"政绍猛地转过身冲狞狼吼道，"如果你真的把地图的事说漏了，奇诺他们就很可能会把地图偷走啊！你想坏黑衣神大人的事吗？"

"我只说'黑衣神大人刚刚得到'，可并没说得到的是什么啊？他们哪里知道是地图？"

"这还不够严重吗？"政绍站住了脚步，瞪着狞狼，"你让他们知道了黑衣神大人有能找到死亡之花的东西，这就足以提醒他们来偷来抢了！"

"我们加强防卫还不行吗？"狞狼索性横躺在政绍前面，"你再不答应，我就不让你过，有种从我身上踩过去！"

"无赖一个。"政绍无奈地摇了摇头，"好吧，我暂时不告诉黑衣神大人，但如果地图出了什么事，我一定会把你说漏嘴的事情一字不漏地告诉他，让他好好修理你。"

"好好好，我保证不让它出事。"狞狼笑得像个扭花包子，心里却恨恨地想："好你个政绍，总有一天我要把你和那个宁诗瑶好好修理一下!”

奇诺三人此时正隐蔽地跟着政绍和狞狼两人。

“你看清了,是他们两个吗?”离两人不远处雪儿悄声问着宁诗瑶。

“是,我的视力你还不放心?”宁诗瑶不无自豪地答道。

“你们小点声,”奇诺回头道,“狞狼好对付,但政绍的反侦察能力可是相当强的。”

前面的树越来越多,政绍和狞狼从容地穿梭在其中,看样子对这里的道路很熟悉。很快,前方出现了一片空地,上面是一座用石头砌的城堡,雪儿拿出三件隐形斗篷,递给奇诺和宁诗瑶一人一件,自己穿上一件。他们悄无声息地跟着政绍和狞狼走进了城堡。

“地图你可仔细看好了,”政绍一边对狞狼说着,一边下意识地瞥了一眼藏有地图的暗室的门,然后转身向里走,“我要给黑衣神大人汇报情况,如果地图出了什么事,他可饶不了你。”

“放心放心,你就放一百个心吧。千万别把我说漏嘴的事说出来啊!”狞狼讨好地笑着,政绍不耐烦地点点头,向里面走去。“呸!”狞狼对着政绍离开的方向啐了一口唾沫,“仗势欺人,能有什么事啊?你等着,看我早晚收拾你!”

“看来黑衣神的确得到了那幅地图。”奇诺悄声对宁诗瑶和幻羽说道。

“地图应该就藏在那个小门里。”显然,刚才政绍那下意识的一瞥没有逃过宁诗瑶的眼睛。

“你怎么知道的？那我们快把它抢到手吧。”雪儿有些不解，但她似乎更想尽快拿到地图。宁诗瑶骄傲地冲她笑笑，没有说话。

“不行，”奇诺断然说道，“政绍和黑衣神还都在里面，不能惊动他们。”

“可以用这个，”雪儿从身上掏出一个精巧的类似相机的东西，“这是幻羽设计的变形器，可以把我们变成别人的模样，比如，我们可以变成政绍的样子。”

“我觉得变成狞狼的样子更好，”宁诗瑶沉思着，“政绍警惕性这么高，一定很快就会回来，那样我们就露馅了。”

“宁诗瑶说得有道理，”奇诺点了点头，“这样，我和雪儿把狞狼引开，宁诗瑶变成他的样子拿地图。”两人都同意这个主意。

狞狼头脑简单，果然不费吹灰之力，奇诺和雪儿就把他引到了城堡外面。宁诗瑶抓住机会，变成狞狼的样子，没费太多功夫就打开了暗室的门，顺利拿到了地图。她快速地把暗室的门关好，迅速向城堡门口跑去。

“你上哪儿去？”当她跑到城堡门口时，身后传来了政绍的声音。宁诗瑶心中一凛，“啊……刚才我看到外面有两条黑影，担心这是调虎离山计，就拿了地图去看看。”

“呵，真看不出来你还有点脑子，”政绍讥讽地笑着，“快赶上宁诗瑶了。”

听到政绍提到自己的名字，宁诗瑶吓了一跳，不过她很快反应过来，故意不满地说：“你怎么拿我和那个人类比？”

"你还比不上她呢！好好练你的本事吧。宁诗瑶已经沾染了血雨,很快她就会成为黑衣神大人的得力干将,到时候你再没点本事,就别想让黑衣神大人再重用你了。"

"血雨?！难道自己是沾染了血雨？奇诺说过,沾染血雨的人会成为黑衣神的傀儡的!"宁诗瑶想到这里浑身一抖,"那……政绍你说,血雨真的能控制宁诗瑶吗？不会有差错吧?"

"差错?"政绍笑笑,"不会的,几百年了,沾染血雨的人都逃脱不了被控制的命运,你放心,过不了几天,宁诗瑶会带着奇诺的人头来见黑衣神大人的。"

"哦……哦……这就好……"宁诗瑶擦了擦头上的汗,她终于明白自己为什么这几天总出现一些异常。

"哎？你怎么了？一头汗,难道提到那个人类把你给吓着了?"

"啊,没有没有。"宁诗瑶得想办法脱身,"哦对了,刚才……刚才我听见黑衣神大人在叫你呢!"

"叫我？我怎么没听到啊?"

"你去看看吧,这儿有我守着呢。"

"有你守着我才不放心,好好看着地图,别离开城堡半步。"政绍一面说着一面往回走。宁诗瑶立刻逃出城堡。在附近的草丛里,她看到了已经被打晕的狞狼,还有焦急地等她消息的奇诺和雪儿。她一边喘着粗气,一边把那张沾满了她汗水的地图递给奇诺。

"做得好!"奇诺赞赏地说着,目光在地图上仔细地搜寻着。宁诗瑶擦着胳膊上的汗,胳膊又有一阵阵灼热的感觉,但她认为可能是自己太紧张的缘故。

“找到了!”奇诺欣喜地喊着,“找到死亡之花的方位了!”

“真的?”宁诗瑶凑上去,“那我们现在就可以去找了吧?”说着她看了一眼还在昏迷中的狞狼,“怎么处理他呢?”

奇诺沉吟片刻,说:“先不管他,找到死亡之花要紧。”说着他站起身来,雪儿和宁诗瑶跟着他站起来,按照地图的指向,七拐八拐地穿过一片片树林,最后终于找到了死亡之花。它们目前还只是花骨朵,和普通的花一样美丽,并散发出好闻的香味。宁诗瑶目不转睛地盯着它们,前面的雪儿偶然回首,却看到一道红光,她使劲晃晃头、眨眨眼,红光又不见了,她觉得可能是自己的错觉。

“趁现在,我们抓紧毁掉它们!”奇诺说着就要上前,这时一道黑影从后面猛地抢上来,手中持剑挡在他面前,“想动这花,先过我这关!”

说话的竟是宁诗瑶!这次不管是奇诺还是雪儿都看得清清楚楚——宁诗瑶的胳膊上闪过一道刺眼红光,血红血红的光。

二十九

爱与信念就是光明

宁诗瑶的眼睛直视着奇诺和雪儿。他们清楚地看到,她的目光变了,以往那纯洁善良的目光此时变得有棱有角,带上了一股邪恶之气。

“宁诗瑶,你看清楚,我是奇诺!”

“放心,我认得你。”宁诗瑶的嘴角浮上一丝冷冷的微笑,“你可是黑衣神大人的心腹大患,如果带着你的人头去见他,他一定会很高兴的。”

“宁诗瑶,你醒醒,”雪儿有些着急地望着她,“你被血雨控制了,你不是黑衣神的人!”

“不必说了。”奇诺已经冷静下来,他将雪儿挡在身后,“从古至今，没有人能摆脱血雨的控制，我们现在必须用强攻的手段拿到死亡之花，其他的我们再想办法。”说着他一摆手中剑，“对不起了，宁诗瑶，我必须这样做。”

宁诗瑶张狂地笑了一声，大声说道：“放马过来吧，看我怎么拿到你的头颅。”

奇诺一咬牙，双脚一蹬，剑带着一阵风向宁诗瑶劈来，然而沾染了血雨后的宁诗瑶能力大大增强，几个回合下来，她丝毫不给奇诺喘息的机会，揉身而上，手中剑如毒蛇一般，飞速而凶恶，剑剑致命。奇诺猛地后退数步，肩膀上有鲜血淙淙流出，那正是上次政绍伤到他的地方。

宁诗瑶不屑地笑着：“真是不堪一击啊！”

雪儿跑上来扶住奇诺，厉声道：“宁诗瑶你太过分了，难道你看不出，奇诺他不忍心对你下手吗？”

“闭嘴！”宁诗瑶怒吼一声，剑毫不停留地又一次逼上来，雪儿挥动长鞭，挡住了她的攻击。这时奇诺猛地把雪儿往后一拉，喊道：“宁诗瑶，你不记得我，但你连你曾经的梦想都不记得吗？”

“梦想？”宁诗瑶冷冷地说，“我的梦想，就是能为黑衣神大人效命！”

“不对，”奇诺焦急地看着她，“你说过，你想像我一样成为一名黑衣人，你说过你会帮助我，这段时间的并肩作战、出生入死，你难道一点都不记得了吗？”

“我从没记得过这些。”宁诗瑶冷冷地说着。此时一股黑暗的力量渐渐涌遍了她的全身，她狠狠向前一推，一道火焰向着奇诺的面门扑来，奇诺敏捷地一侧身，火焰与他擦身而过，扑在对面的一块大石头上，随即熄灭。

宁诗瑶忽然恍惚了一下，这个场景似乎很熟悉：那是一个如漆的黑夜，有一个想要攻击她的猛兽，有一个救了她性命的黑衣人……宁诗瑶隐隐约约记得，那好像是她第一次和奇诺真正接触，那天她告诉奇诺，她有一个从不为外人知道的梦想，她想像奇诺一样，成为一名黑衣人……

胳膊上的一阵炽痛打断了宁诗瑶的思绪，她意识到，自己的事情还没做完。“受死吧！”她大喊道。接着一个空翻奔到奇诺和雪儿面前，举剑便刺，奇诺和雪儿急忙后跃，躲开了她的攻击。

突然，她看到奇诺和雪儿的脸突然被映得很白很白，她回过头，连忙用手挡住了眼睛。那天落花送给她的那盏灯，不知何时掉在了地上，发出万丈光辉，白光中似乎还隐隐约约飘出了飘渺的歌声：

又一次看到夜幕降临，
又一次看到天上的繁星。
我喜欢那微弱的光明，
给人带来希望，
即使它那么微不足道。
手中握一盏明灯，
心中有一片光明，

夺目耀眼，

犹如天上的繁星。

在无尽的黑暗中，

需要有人坚守光明。

这声音，宁诗瑶再熟悉不过，就属于她自己。然而此时，她却在努力地逃避着这个熟悉的声音，她举剑向那万丈白光砍去，希望能停下那些噪音，然而没有用。

“不要逃避，不要害怕，坚守你自己的光明，你会打败黑暗的。”那个细若蝉鸣的声音又一次在她耳边响起，她不知道这是不是自己的幻觉。

她用力握了握手中的剑，可是手却因颤抖而不听使唤，她似乎有了一点意识，她想起了自己自从认识奇诺并告诉他自己想成为黑衣人以来，便时时在生与死的边缘上徘徊，然而她不曾放弃，因为她心里始终有一个信念：她要成为黑衣人，就像奇诺一样，用她的力量去保护更多的人。

“你这是怎么了?！快举起你的剑，快杀了他们！”那个声音又一次在她的心里响起来。宁诗瑶的目光再一次变得冰冷，她一剑下去，光芒熄灭了，只剩下一地碎片。她飞快地转过身，剑对准了奇诺他们。她冷笑一声：“不必负隅抵抗，黑衣神大人很快就会得到他想要的一切了。”

突然，奇诺的眼中精光闪现，手中剑狠狠向宁诗瑶所在的方向刺过去，由于比先前的速度快很多，宁诗瑶来不及反应，只得任那把剑带着寒光向她刺来，任凭它刺进自己的心窝！

“啊！”

宁诗瑶身后传来一声凄厉的惨叫。她禁不住回过头去，正是狞狼，她认得。她还看到，狞狼的手还抬着，手中握着一把刀，正对着她的后心。

宁诗瑶似乎明白了什么，她咬着下唇，不语。与此同时，那一地的碎片映入了她的眼帘，好像在尽力唤醒她内心的光明。

“孩子，既然你走上了这条路，你就要克服路上的一切困难。”落花的忠言在她耳边响起，“既然自己选择了跟随奇诺，那就得克服困难，坚持下去。”

胳膊上又一次闪出了红光，然而这次宁诗瑶的眼神没有再一次变得冰冷，她强迫自己回忆——

初见奇诺那晚他救了自己；

第一次认识雪儿和茗轩这对欢喜冤家；

看到焰魔时奇诺要茗轩第一时间把她送走；

从鬼镜看到那个预言时朋友们给她的保护和安慰；

在“复活”的电影中奇诺对她的保护和关心；

在那个小胡同里奇诺为了保护她受了伤；

在森林里奇诺总是把她护在身后……

这些过往场景，宁诗瑶全都回忆起来了，她的脸上出现了一抹甜蜜的微笑，曾经的爱，现在依然存在，无时无刻不温暖着她的心。她意识到，自己并不属于黑暗，自己永远属于光明。

黑衣神从来没感受过爱吧，他不知道爱的力量有多伟大。宁诗瑶不由生出无以言表的欣慰和幸福感，有这么多人关心着自己，而在关键时刻，这些爱更显宝贵。这种单纯而坚毅的情感，给予了她力量。

她突然感觉自己有能力摆脱血雨的控制。“我相信我可以。”宁诗瑶轻轻说着，“我有爱与信念，我拥有光明。”

此时脑海里再次回旋起那个邪恶的声音：“不要胡思乱想，快杀了那两个黑衣人！快！快啊！”

“我不是黑衣神的人，我不能帮他，我不能助纣为虐。”宁诗瑶说着，语气里透着不可动摇的坚定，“我是宁诗瑶，是奇诺、雪儿他们的朋友。我说过，我要成为一名黑衣人，就像奇诺那样。我不会再听从于你，你走吧，离开我的意识。”此时，手中的刀不知不觉掉在地上。

“什么？你，你疯了?!”那个声音已经怒不可遏。可是宁诗瑶不再躲避，也不再害怕。她大喊道：“你左右不了我，我拥有自己的光明。你走吧。”

宁诗瑶大脑里一阵轰鸣，一阵剧痛，随即倒了下去，胳膊上的红光永远消失了。

地上的碎片似乎在说，那盏光明的灯不能再陪伴宁诗瑶了，不过没关系，因为宁诗瑶没有它也能找到光明了……

当宁诗瑶缓缓睁开眼睛时，奇诺和雪儿都露出了欣慰的微笑。

宁诗瑶缓缓坐起身来，头痛得厉害，她隐约记得自己曾和血雨做了好长时间的斗争。“我赢了吗?”她在心里问自己。

“你胜利了。”也许黑衣人都有感应能力,她想的什么,奇诺总会知道,“你已经摆脱了血雨的控制。”

“这么多年来没有人能摆脱血雨,你是第一个!”雪儿欣慰地笑着。不知为何,宁诗瑶感觉自己应该感激狞狼,要不是他想杀她,奇诺就不会救她,自己也不会就这样轻易地从错乱中走出。

“对了,狞狼呢?他死了吗?死亡之花呢?”宁诗瑶关切地问。

“没有,我们没顾得上杀他,先把你带到这儿来了,死亡之花也被我们拔下来了。”雪儿向她亮亮手中已经枯萎的花,“反正狞狼是个没用的家伙,他不会对我们构成太大的威胁。”

“我们的使命完成了是吗?”看到死亡之花已经被摧毁,宁诗瑶松了一口气。

“应该还没有,”奇诺摇摇头,“我们带走了死亡之花,黑衣神却没有出动,这说明,我们并没有打中他的要害,我猜这份地图并不完整,可能还有死亡之花长在别的地方。”

三十

内 讧

狞狼正低着头，接受着黑衣神的训斥。

“成事不足，败事有余！那个女孩很快就会成为我的得力干将，你为什么要杀她?!还有，森林地图他们是怎么知道的?!怎么得到的?!现在死亡之花让他们带走了，血雨也失效了，都是因为你的无能！”黑衣神已经变得怒不可遏。

“黑衣神大人不必生气，”政绍还算冷静，“奇诺他们带走的死亡之花很少，生长在城堡里的大部分花他们并没有破坏掉，甚至他们不知道它们生长的地点。至于地图……”

政绍想起了与狞狼的约定，但他还是觉得该如实向主人汇报。

“黑衣神大人，是狞狼不小心说走了嘴……”政绍没有丝毫隐瞒，一五一十地将事情说了出来。果然，黑衣神大怒，喷出一道道火焰将狞狼烧得死去活来，狞狼死猪一般的惨叫声吓跑了城堡顶上的一群蝙蝠。

"好，政绍，你不仁我就不义！我要让你不得好死！"狞狼恶狠狠地想。

……

"看来要内讧了。"奇诺望着那座城堡的方向自言自语。

"你怎么知道的？"宁诗瑶不解地问。

"那天趁狞狼昏死过去，我在他身上装上了隐形窃听器。"雪儿回答着，转而又问奇诺，"那边怎么了？"

"政绍向黑衣神说了狞狼把地图的事透露给我们，肯定被狞狼恨上了，他必定要报复政绍。"

"那就让他报复吧，"雪儿满不在乎，"政绍已经给我们添了不少麻烦了。"

"不能这么说。"奇诺的目光有点复杂，"其实政绍本身并不坏，听说黑衣神对他有恩，因此他选择了帮黑衣神做事，但实际上政绍还是个比较正直的人，至少他只和我们作对，手上从未沾过人类的血。"说到这里，奇诺有点惋惜："如果能把他争取到我们这边来就好了。"

半夜宁诗瑶醒来了，不知怎的，她睡不着了，只要一闭上眼睛，眼前就是那几朵娇艳欲滴的死亡之花。

她看了看周围，而后站起身来，向先前死亡之花开放的地方走去。

那里已成了一片空地，宁诗瑶伫立不动，暗暗想着："剩下的死亡之花会在哪里呢？"

"这里好像并不适合你单独出动。"身后是一个熟悉的声音。宁诗瑶心里一个激灵："政绍？你又想劝我叛变？"

"劝你也没用。"政绍倚在一棵树上，"我明白，一个能摆脱血雨的人是不会背叛黑衣人的，我这次来是想劝你，赶紧离开这个地方。"

"离开？！"宁诗瑶睁大了眼睛，"奇诺他们需要我，我为什么要离开？"

"你太能给黑衣神添麻烦，是他的第一号标靶，而且奇诺也不会愿意你呆在这里，这里太危险……我言尽于此，你应该为你的安全好好想想。"说完政绍转身离开。宁诗瑶不解地望着他的背影，而与此同时，草丛里也有一双眼睛，带着复仇似的笑意。

宁诗瑶抬头看看天色，"现在该是凌晨了吧？"她的手伸进衣兜里，"哎，我的迷你相机呢？"

"什么？！"黑衣神站起身来，"真有此事？！"

站在台阶下的狞狼狞笑着，"当然了，昨晚我亲眼看到政绍和宁诗瑶说话，我也亲耳听到他说：'死亡之花就在黑衣神的城堡里。'您看，还有照片为证呢！"说着狞狼将一个相机举过头顶，正是宁诗瑶的相机，上面是政绍和宁诗瑶说话的照片。

"岂有此理！"黑衣神怒气冲冲地站起来，"好啊政绍，我对你不薄，你却背信弃义，那就别怪我心狠了！”

“是的大人，杀了他！”狞狼忙不迭地说，语气里带着愤恨。正巧这时，政绍从外面走进来，向黑衣神报告：“黑衣神大人，依照您的吩咐，我找到了奇诺他们的位置……”

“够了！”黑衣神对着狞狼一挥手，“把他杀了！”

政绍愣了：“什么？黑衣神大人，我并没有做错什么啊！”

狞狼手拿绳索毫不迟疑地冲向政绍。

“死到临头了还装傻！”黑衣神不耐烦地一挥手，政绍身上立刻被缚了绑绳。几个小喽啰跑进来说：“找个远点的地方杀了他！别脏了我的地方！”话音未落，政绍已经被推出了城堡。

政绍稀里糊涂地被推了出去，刽子手的刀毫不留情地对着政绍的脖颈落下来，可怜政绍到现在还不明白到底是怎么回事。

就在刽子手的刀几乎触到政绍脖颈的霎那间，一道寒光带风而来，刽子手连同政绍周围的几个喽啰一瞬间全倒了下去。政绍惊奇地抬起头来，一个人一袭黑衣，黑巾蒙面，稳稳落在他面前，手中刀几个反转，政绍身上的绑绳落到了地上。

政绍看着这个人，问：“你是谁？”

那人拉下黑巾，正是奇诺。奇诺感慨道：“真没想到，你这样的人物竟然险些死在黑衣神手里。”

政绍疑惑不解地脱口问道：“怎么是你！你为什么救我？”随后又自嘲地笑笑：“真不知道我做错了什么。”

“你做的一点也没错。”奇诺笑得意味深长，“你找到了我们的宿营地，不是吗？”

政绍一惊：“你怎么知道？”

奇诺没有回答他：“我救了你，你不会恩将仇报吧？”

“我明白你的意思，”政绍仰头望天，“但我是黑衣神大人收留的，我不会背叛他，所以，你别指望我会给你们保密。”

“我早料到这个结果。”奇诺冷冷地望着他，“你和宁诗瑶一样，都不是轻易能改变自己意志的人，只可惜你的是非判断能力还不如宁诗瑶一个人类……”

“我欠你的，我会还。”政绍转身要走。

“如果你要回那个城堡，那就帮着把宁诗瑶的相机带出来。”奇诺微笑着道，“看看里面的照片你就明白你为什么险些被杀了。”

三十一

城堡里的混战

“我的相机!”宁诗瑶惊喜的叫声吓了雪儿一跳,“怎么会在这里呢?”

“应该是政绍偷偷还回来的。”奇诺已经想到了,“在狞狼身上装窃听器真是个不错的办法,不但知道了剩下的死亡之花的大致方位,还能帮助找到宁诗瑶丢失的东西。”

为了寻找剩下的死亡之花,三人又一次潜到了城堡附近的草丛中。这次奇诺发现城堡门口吊着一个很小但闪闪发光的东西。

“看来这次我们不能用隐形斗篷了,他们放置了显形镜的碎片。”

“没关系,”宁诗瑶想起了以前用血液保护魔镇的经历,“我想显形镜对我是没有用的。”

宁诗瑶披上雪儿给她的斗篷，只身潜入城堡，显形镜没有任何反应。

“进去了吗？他们没有发现吧？”宁诗瑶身上的联络器中传来奇诺的声音。

“一切顺利，我正在寻找死亡之花。”宁诗瑶轻声回道。

这座石头砌成的城堡很大，宁诗瑶在里面仔细搜寻着死亡之花开放的地方。然而，在她确定把整座城堡都兜了一圈后，仍然毫无收获。宁诗瑶把情况通报给奇诺。

“窃听器收到的信息应该没有错。”奇诺沉思着，“也许死亡之花开在另一个地方，这里应该有通往那里的近路。”

“那我再仔细找找。”宁诗瑶潜入黑衣神的实验室。

这里的实验室不同于宁诗瑶在人类世界所见到过的，这里处处摆放着令人毛骨悚然的白骨，其中不乏人类的头颅、手骨，有些还变了色，一个架子上是一瓶瓶药水。实验室处处弥漫着恐怖的气息。

在一个不起眼的墙角上，有一个红色的按钮，宁诗瑶仔细看了一下，那个按钮上有一个不太清楚的图案，宁诗瑶眯起眼睛仔细辨认，是一朵花……死亡之花！

宁诗瑶思索片刻，果断地按下去。

两边的墙壁打开了，露出一个蓝紫色的隧道，散发着鬼魅一般恐怖的气息。宁诗瑶惊疑不定地四下张望，见周围没有人，她开启了联络器,然后兴奋地低声喊到:“我发现了一个隧道。”

“看来……这应该是通向死亡之花开放地点的通道……”那边奇诺沉吟着,“那我和雪儿必须同你一起进入那个隧道……”

“可是你们怎么进来呢?”

“只能闯一闯!”

奇诺那边的话音未落,实验室的门忽然打开了,进来的正是黑衣神。他看到隧道门被打开,大吃一惊,随即拔出佩剑,快步奔了进去。

“他看不见我,他看不见我……”宁诗瑶强作镇定,而后趁他的头看向一侧时,迅速从他的另一侧跑开,由于她速度太快,黑衣神感到身旁有一股风。

“有人闯入!”宁诗瑶听到了震耳欲聋的叫声,“快搜索,一定要把他找出来!”

许多骷髅和魔兽不知从什么地方冒出来,宁诗瑶躲在一侧,看着他们从她面前跑过,她庆幸自己有斗篷,不然恐怕早已死无葬身之地了。

一直躲在这里不行,有几个骷髅搜索到她这里来了。宁诗瑶的眼神在四周扫视了一下,而后跳上了一个小桌子,她看了看上面的一道横梁,双手把住它,身子一翻蹲在上面。这时,一个魔兽跳到了她刚才站着的桌子上,它的头就在宁诗瑶的脚前,发出令人恐惧的叫声。大概是闻到了宁诗瑶的气味,魔兽的大嘴准确无误地冲向了宁诗瑶,一阵恶臭扑面而来。

宁诗瑶来不及恶心了，她将剑抽出，在魔兽的獠牙刺下来之前以最快的速度闪开，而后她定了定神，一纵身跳到魔兽的头上，举剑刺向它的眼睛。

魔兽癫狂般的吼叫指明了宁诗瑶的位置，箭矢如雨点一般向宁诗瑶射来。宁诗瑶双腿一蹬，手攥住了魔兽的皮毛，用它庞大的身躯护住自己，尖利的箭矢射中魔兽，它重重地向地上倒去，宁诗瑶在魔兽的头触碰地面之前松开手，而后凭直觉向后滚去，一张小桌子被她撞翻在地。骷髅们手中执剑向她奔来，她迅速拿起剑，干掉了几个，而后立即逃开，只剩骷髅们在相互乱砍。

“废物！废物！”黑衣神的吼声几乎要把她的耳膜震破，紧接着她听到他吩咐：“把显形镜拿来！”

“看来黑衣神大人需要我的帮助。”宁诗瑶听到了一个熟悉的声音，这是政绍的声音。宁诗瑶不禁在心里埋怨：“奇诺你干嘛要救政绍啊?!”

“找到闯入这里的人，我就对你过去的事既往不咎。”黑衣神对政绍大吼道。

政绍没有再说什么，他静静地听着。宁诗瑶知道政绍没有那些骷髅那么好对付，于是她轻手轻脚地向外面走，争取离政绍越远越好。一阵风吹过，地上的几张纸飘了起来。

政绍突然毫无征兆地向宁诗瑶奔来，把她吓了一跳，她连忙闪到一边，挥剑向政绍的头部砍去，但是政绍听到了呼呼风声，挥剑挡住了她的攻击，而后手一抖向宁诗瑶刺来。宁诗瑶看到几点寒光向自己飞来，她连挥手中剑，就像以前在电影上看到的侠客一般，将暗器全部打飞出去。政绍循着声音再次向她发起攻击，几个骷髅也遵循他的指示，向宁诗瑶冲来，宁诗瑶运用跆拳道的本领，左冲右突，骷髅们的骨头到处乱飞。

连连的战斗使宁诗瑶开始喘息，面对骷髅们的攻击她有点左支右绌。这时她看到两个身影飞一般地奔来，正是奇诺和雪儿。奇诺拉住她的胳膊，飞身一纵，踩着骷髅们的头，和雪儿一道带着宁诗瑶突出重围。

“实验室在哪?”奇诺警惕地望着还在那里混战的骷髅们和四下寻找他们的政绍，“快带我们去。”

“好。”宁诗瑶一路飞奔来到隧道口，重新按下那个按钮，三人扑进了那个隧道。

隧道那边又是一片森林，三人摘下了隐形斗篷。

宁诗瑶四下扫了一眼，有些失望地说:“还得找啊!”

“我们的时间很紧，”奇诺神色凝重，“离死亡之花盛开大约也就剩三天了。”

“你们没有时间了。”身后一阵狞笑。三人回过头去，正是黑衣神、政绍、狞狼，还有骷髅大军和魔兽们。

“快跑!”奇诺率先反应过来，他一把拉上宁诗瑶，同雪儿一起，冲进了那片密不透风的森林。

周围的一切飞速倒退着。宁诗瑶不时向后看，后面远远地掀起一股埃尘。

奇诺一纵身跳到路边一块大石头后面，宁诗瑶和雪儿紧随其后。三人屏息静气，默不作声地看着黑暗大军从他们面前叫嚣着冲过去，然后松了一口气，站起身来，向相反的方向奔去……

夜幕降临，一切都黑了下来。

三十二

血雨腥风

奇诺三人匍在一棵高树上,环视着下面的一切。借着朦胧的月光,可以看到有几个地方盘踞着几十个骷髅。"他们的防御够严密啊!"奇诺倒吸了一口冷气,"不过我想,严密防御的地方,一定开着死亡之花。"

"幻羽说她正在制作时空隧道,如果成功了,魔镇会有救兵来的。不过……"雪儿停顿了一下,"在救兵来之前,只能靠我们自己了。"

宁诗瑶打了一个寒战,接着又自嘲地想:"怕什么,反正鬼镜预言我早晚都会死于非命的。"

奇诺深吸一口气,目光盯向一个比较偏僻的地方,"从那里下手,把那里的死亡之花先毁掉!"

雪儿和宁诗瑶对视了一眼，点点头。

突如其来的袭击使那里的守卫猝不及防。奇诺和宁诗瑶手中的剑上下翻飞，不给对方反击的机会；雪儿的长鞭如毒蛇一般飞速游走，所到之处无不响起骷髅的惨叫声，一眨眼的功夫，已经有几具尸体重重倒在了地上。

宁诗瑶面前是一张张骷髅的脸，这可不是书上那些精致的插图，也不是科幻电影上刺激的镜头，这些都是真实的、能要人命的杀手。宁诗瑶把自己当作黑衣人，将骷髅一个个劈得尸身乱飞。更多的骷髅接二连三地涌来，将三人冲散了。

宁诗瑶且战且退，一抬眼她看到死亡之花已经接近开放。她一咬牙，拼了命地向前冲去，骷髅们在她周围源源不断地发起攻击，它们的剑神出鬼没。“嚓！”宁诗瑶感到左臂被划开了一道口子，钻心地疼了一下，她的身体也跟着晃了晃。一个骷髅的剑趁虚而入，向她的肩窝刺来，宁诗瑶向左一侧身，躲开了袭击。她左冲右突，想要冲破骷髅们的包围圈，然而还是有些力不从心。

这边奇诺和雪儿的处境也不太妙，两人都骁勇善战，然而毕竟敌众我寡。雪儿在乱战中无意瞥到了树上的一朵花，是焰之花！雪儿眼前一亮，她奋力甩动长鞭，几具骷髅鬼哭狼嚎地飞了出去，又撞到了几个，周围一片混乱，雪儿趁这功夫，用长鞭将那朵花取下来，向骷髅堆扔去。

在一阵噼噼啪啪的火光中，骷髅们的惨叫声越来越弱，直至消失。

大火顺着一条线,向死亡之花烧去。奇诺他们看着,脸上露出欣慰的笑容。

大火离死亡之花越来越近,然而就在这时,地底下突然冒出一大团黑影,转眼分裂成一大堆黑影。

“骷髅奇兵!”奇诺和雪儿都认得它们。那是黑衣神的一支奇兵,来无影去无踪,碰到它们多半没有好果子吃。“快走!”奇诺大喊一声,三人夺路而走。

一路上宁诗瑶只听到震耳的风声,呼啸着好像要吹散人的性命。她回头看了一眼说道:“后面好像没有追兵了啊。”

奇诺停下脚步,他默不作声地在那里站了几秒钟,忽然感觉脚下有些异样,随即大喊一声:“快跳上树!”

话音未落,他和雪儿拉着宁诗瑶,跳到了一棵树上,与此同时,骷髅奇兵们破土而出。他们的首领居然也用和雪儿一样的武器,长长的鞭子犹如水母的触须,“啪”的一声缠住了宁诗瑶的脚腕,奇诺和雪儿没能拉住,宁诗瑶被拽到了地上,一把长长的剑直直地、毫不留情地向着她刺下来。

宁诗瑶就地一滚,躲开了那致命的攻击,但她来不及上树了,只得夺路而逃。她很惊异自己竟有这么快的速度,然而后面追兵的速度更快,宁诗瑶转过身来,几剑下去,几个跑在前头的骷髅便身首异处。

宁诗瑶不敢恋战,她拼尽全力向前跑,但她没有注意到,越往前,两旁的树越少了。她跑了好一会儿,突然瞪大了眼睛。

离宁诗瑶还有几十米远的地方是一座悬崖，宁诗瑶不能再往前跑了，她硬着头皮转过身来，准备殊死抵抗，等待救援，这是唯一的办法。

就像她预料的一样，骷髅奇兵不如先前那些守卫好对付。宁诗瑶已是伤痕累累，血腥味儿弥漫在空气中，使人有些想吐的感觉。她感觉自己的体力正一点一点被消耗殆尽，然而她不愿坐以待毙，她决定拼死到底，她知道奇诺和雪儿很快就会来救她。

宁诗瑶头上汗津津的，灰头土脸很是狼狈。随着骷髅奇兵越来越多，活着走出去的希望也越来越渺茫。宁诗瑶不停地退后，她在心里估算着距离悬崖的距离，提醒自己别退得太厉害，然而潮水一般的攻势使她无法原地不动。

她听到了奇诺和雪儿的叫声，但她知道面前有一大堆骷髅奇兵阻挡，奇诺和雪儿很难冲过来。

脚后跟的悬空使她脑袋里“嗡”地响了一声，她知道自己如果再后退半步，就要死于非命了。她尽力不让自己再后退，然而一支带响的狼牙箭使她往后一仰，随后耳边只剩风的声音。

三十三

坚持与退却的斗争

宁诗瑶迷迷糊糊中，感觉似乎有人托起了她的头，随即一个冰冰凉凉的东西触到了她的嘴唇，是玻璃，大概是一个杯子吧。

一股温暖的液体流过她的喉咙，她感觉自己的体力恢复了些许，便努力睁开眼睛。

“政绍?!”宁诗瑶无力地惊呼道。

正是政绍，他平静地笑笑：“别误会，我只是想还奇诺一个人情而已。”

人情？宁诗瑶费力地撑起身子，尽力回忆着。奇诺的确救过政绍一次，当时她还觉得奇诺的做法不可理解，政绍是他们的敌人啊！不过现在看来，奇诺不光救了政绍，还间接地救了自己一命。

“看样子你已经恢复一些了。”政绍背后长了眼睛似的，明明背对宁诗瑶，却似乎能看见她的一举一动，“你应该赶快离开这儿。”

“什么？”宁诗瑶眼睛一瞪，“离开？”

“是的。”政绍转过身来，“你不应该继续呆在这儿了。”

“为什么？！”

“我承认你的确比一般人类厉害，但这里不是你应该呆的地方，这里处处杀机，一不留神你就会把命搭进去。黑衣神的确想统治人类世界，但他想要的不是一个死气沉沉的星球，只要你回到自己的世界去，我保证你不会再受到伤害，你完全可以过你自己平静的生活，不用被生与死的问题所困扰。”政绍顿了顿接着说，“别忘了，你还有父母，你的人生还有很长的路。我相信奇诺也不愿看到你在这里早早送命。只要你答应回人类世界，我很快就能把你安全地送回去，远离这里的战争旋涡。”

政绍很少一口气说这么多话。虽然宁诗瑶对他的印象一直不怎么好，但此时通过他诚恳的眼神，宁诗瑶能感觉到，他是真心为自己的安全着想。

“我……我再想想。”

宁诗瑶不再说话，她不知道自己应该怎么办。政绍说的不是没有道理，她现在这个年龄，应该坐在教室里学习、考试，应该和同学、朋友一起逛街、去公园，应该在家里帮父母做家务，而不是每一天都出生入死，每一天都用自己的生命作赌注。

宁诗瑶回想起自己的父母、自己的家庭，她本是个很顾家的女孩，然而现在家里的一切在她心里已经有些模糊了，她不记得自己已经多久没见到父母了，固然有影子陪伴着他们，但那毕竟不是自己本人。宁诗瑶垂下头，如果自己真的死了，就永远也见不到这个世界，见不到自己的父母了。

她瞥了一眼自己的手腕，除了手表什么也没有。她一直想要的那朵黑色梅花就像故意和她作对似的，迟迟不肯出现。“是不是我真的不适合做黑衣人？”她问自己。

宁诗瑶心里又苦又涩。她是不是真的不应该在这个世界里继续待下去？她有回人类世界的机会，只要回去，哪怕是像鬼镜预言的那样被火烧死，顶多也只是一场火灾，不会像在这里似的，临死前还要面对着一群群张牙舞爪的骷髅或令人作呕的魔兽。

“好，我回到我的生活里去……”宁诗瑶的声音并不那么坚定，这是她第一次郑重考虑这个问题。退出这场战斗，大概也是给奇诺和雪儿省去一个包袱吧。

政绍点了点头：“明天我会送你。”

晚上宁诗瑶又睡不着了。政绍和奇诺一样，晚上不睡觉，像个雕像似的站着。宁诗瑶靠在树干上，静静地看着满天的星空。

这里的星空总是那么明亮，和人类世界不同。宁诗瑶默然坐在那里，茫然地看着星空，眼皮不知不觉耷拉下来，半梦半醒之间……

她看到血红色的雨，染红了她的胳膊，然而她最后还是战胜了它，她只服从自己的意志，任何人，任何魔法，都阻碍不了她的信念。

她看到一个绿色的隧道，这是她找到的。一想到这件事，她便不禁对自己人类的身份感到庆幸。她还记得，正是这个隧道，引导她和奇诺他们找到了死亡之花的隐秘所在。

她看到一个个扭曲的骷髅，张牙舞爪，一个个都想夺取她的性命，然而她奋力迎敌，虽然跌下悬崖，但最终还是没有死在它们的手中。

一个个挑战，身体上的、意识上的，她都抗过来了，最后关头，怎能放弃？

宁诗瑶猛地睁开眼睛，天边露出了鱼肚白。

“我欠奇诺的，还没有还清；我的梦想，还没有实现。”

……

天大亮了。

“该走了。”政绍不知什么时候站在她面前。

“我……”

“你怎么了？”政绍缓缓蹲下身来。

“我不能回去。”宁诗瑶抬起头坚定地说道。

政绍愣了，他还想说什么，但看到宁诗瑶的眼神，便把剩下的话都咽回去了。

他在她的眼神里，看到了一种坚定和执着。这个结果并不完全出乎他的意料，一个能抵挡住血雨控制的人，能轻易退出吗？他知道，再劝她也没有用了。

“你确定？”他只能这么问她。

宁诗瑶坚定地点点头。无言的表达,却比任何语言都铿锵。

"……那好。"政绍拉着她站起来,"我带你去找奇诺,之后……之后我们还是敌人。"

三十四

血流成河

在死亡之花将要盛开的那天，幻羽带着魔镇的人们，通过时空隧道和奇诺等人会合，所有人都同意，在死亡之花盛开之际，作最后一搏。

也就在这一天，黑衣神召开会议，决定在死亡之花盛开之前，与敌人决死一战，至少先将大部分敌人消灭掉。

那天天阴得很厉害，太阳下面是厚厚的云层，浓厚的乌云遮挡住阳光，使整片森林有一种让人透不过气来的气氛。黑衣神的心急与傲慢，使他迫不及待地要发动这场大战。他知道，他们在人数上处于绝对优势。他确信，魔镇的人们不是他的对手。

成千上万的骷髅，还有数量庞大的魔兽，都嗥叫着扑来。魔镇人虽少，但个个身手不凡。奇诺的长剑幻化成一片寒光将他包裹在中央，掌中剑快如奔雷，疾似闪电，骷髅们沾到就死，碰到就亡；幻羽虽然是个发明家，但她的战斗力也不弱，长剑走得都是令人意想不到的路子，身边的骷髅尸首乱飞；雪儿和茗轩平日里是一对冤家，但在战场上却配合得很默契：雪儿的长鞭虎虎生风，恍得骷髅们眼花缭乱，茗轩的长剑冷不丁地从中窜出来，十几个骷髅瞬间身首异处。顷刻间，骷髅们的身体犹如镰刀下的麦子，一片片地倒在地下，然而嗥叫的骷髅仍源源不断地冒出来，前仆后继。

宁诗瑶虽然还不是黑衣人，但也算是有了丰富的作战经验，在众多骷髅的攻击面前，她沉着应战，想象着自己是一个无所畏惧的黑衣战士，一腔热血支配着手中剑狠狠地劈着、削着、砍着，骷髅们的尸身在一阵阵惨叫声中飞了出去。

魔镇的人们丝毫看不出人少的劣势。观战的黑衣神心里有些着急，他本以为很快就能把对手消灭大半的，然而眼前的情景似乎出乎他的想象，他嘴里大喊道："政绍，狞狼，你们赶快出击！"

"是！"两人转身便走。

"等等！"黑衣神向战场望了一眼，恶狠狠地命令道："把那个人类女孩的头给我带回来。"

政绍眼中闪过一丝稍纵即逝的惋惜。

太阳还是没有突破云层，但从几缕稀疏的光线来看，已是正午了。

魔镇的人虽身经百战，但以一敌十是对体力的一个严峻考验，渐渐地有人支撑不住了，慢慢无力地倒在地上，血液染红了泥土，流淌于大地。

宁诗瑶的四肢也开始沉重起来。她的脸上，手臂上，有几道带血的伤痕，猛一迸裂，有种刺骨的疼，但她依然咬紧牙关坚持着。

狞狼找寻到了她，他知道这个女孩并不好对付，于是他爬到一棵树上，打算来个空中偷袭。“反正不能让政绍抢先。”他暗暗想着。

他瞄准宁诗瑶的位置，而后猛地从树下跳了下来，挥动手中的刀，打算给宁诗瑶一个措手不及。宁诗瑶觉察到了头顶上的动静，她急忙往旁边一闪，狞狼登时摔了个七荤八素，后面的骷髅们还在向宁诗瑶发起攻击，不管不顾地从狞狼的身上踏过，狞狼被踩得直翻白眼。

政绍看到了这一幕，他冷冷地笑了一下，而后沉声道：“都退开！”

骷髅们顺从地退下，狞狼灰头土脸地站起身来，满脸的尴尬与狼狈，几个骷髅架着他离开。一时间，这片刚刚还充满喧嚣的地方竟出奇地安静。

政绍从腰间拔出剑来，缓缓伸开手臂。宁诗瑶脸上带着细密的汗珠和丝丝血迹，但她的眼神丝毫没有躲避之意。政绍内心一次又一次生出敬佩和不忍，那个经他挑唆后叛变的玩偶已经牺牲了，想到那个和宁诗瑶一模一样的女孩死去，政绍竟隐隐为宁诗瑶难过。然而，现在他要奉他所效忠的黑衣神的命令，亲手杀死宁诗瑶,这件事不难办到,只是政绍并没有感觉到一丝将要消灭掉敌人的快感,相反是隐隐的惋惜与自责:如果他在救下宁诗瑶的时候强行带她离开,也许她一会儿就不会死了。

政绍很欣赏宁诗瑶,但现在除了奉命杀死她,他别无选择。

一阵风吹过,一片叶子盘旋而下。

政绍的攻击开始了。他的身体几乎是腾空着向宁诗瑶飞来,宁诗瑶本能地躲开他的攻击,而后手中剑半劈半削地向政绍挥去,这一击被挡了回来,政绍丝毫不作停留,剑带着一股劲风刺进了宁诗瑶的肩窝,宁诗瑶惨叫一声,重重倒在了地上,血液一股股地流出。

政绍一步步向宁诗瑶走来。宁诗瑶挣扎着想站起来,然而剧烈的疼痛使她的身体不听使唤。

“我劝过你,可你不肯离开。”政绍发出一声细若游丝的叹息,手中的剑高高举起来。

这时不知何处,传来一声惊叫:“死亡之花!死亡之花开了!”而后是一群人的惊叫:“死亡之花开了!”

宁诗瑶心中一凛,她看到政绍的目光也禁不住向惊叫的方向望去,她趁着这个机会,就地一滚,政绍的剑刺下去,却刺在了地上。

宁诗瑶翻身站起,拿起掉落在地上的剑,两只眼睛死死盯着政绍。她知道,自己现在唯一能做的就是拖住他,不让他拿到死亡之花。其他的,她不知道该怎么办,只能暗暗祈祷奇诺能先把死亡之花拿到手。

政绍迎面看到她的目光，竟有些畏惧的感觉。宁诗瑶的目光完全不像一个十几岁的孩子，那里面充满了坚定、使命，甚至还有些孤注一掷。

然而宁诗瑶不知道，黑衣神并未参与战斗，在其他人浴血奋战时，他一直是个旁观者，也就是说，他现在可以轻松地拿到死亡之花。

“哈哈哈，奇诺，黑衣人，你们完蛋了！”当宁诗瑶听到黑衣神来自地狱般地笑声时，死亡之花已经牢牢地攥在了他的手里。黑衣神狞笑着，将那朵散发着死亡气息的花扔向奇诺，大喊道：“去死吧……”

死亡之花瞬间变大了，它散发出浓浓的鬼魅香气，狠狠削弱着奇诺的力量。转眼间那恐怖的花蕊已经在奇诺近前，惨白的花瓣只要轻轻合拢，奇诺便死无葬身之地。

“不！”宁诗瑶一声惊叫，而后政绍眼前一花，宁诗瑶从他身边飞一般掠过，政绍从来没见过这么快的速度。他本能地想拉住她，可是晚了，只能眼看着她用尽最后的力气，将奇诺推到一边，而后被死亡之花吞噬。

“诗瑶！”魔镇的人不约而同地发出惊叫，泪水从雪儿眼里夺眶而出。

奇诺怔怔地看着被黑衣神狞笑着收走的死亡之花，似乎还不相信宁诗瑶已经牺牲。

三十五

浴火重生

“我，死了吗？”宁诗瑶缓缓撑开眼皮，自言自语。

她觉得自己这时候应该是死了，死亡之花不会允许她活下去的，可是她却依旧能自由地移动肢体，依旧有清醒的意识，唯一不同的是周围的环境。

刚刚她还身处战场，现在却身处一个僻静的山洞，周围很黑、很空旷，角落里似乎有一堆枯枝败叶。

“这是哪里？我为什么会在这里？”宁诗瑶冷静下来，疑惑地四处观察着，这好像是……异地空间！对，奇诺以前在和她闲聊时曾提到过。传说有些命不该绝的人，死了以后会来到异地空间，在接受考验之后获得重生。

墙壁上似乎有一些图案，她凑上去，靠着洞口微弱的日光，仔细地辨认：是一只凤凰，屹立在熊熊烈火之中，似乎在痛苦地鸣叫。“凤凰涅槃，浴火重生！”宁诗瑶脱口而出。接着，她瞪大了眼睛，因为她清楚地看到，图案中的凤凰动了一下，向她眨了一下眼睛，似乎在证实自己的存在。

“凤凰是人世间幸福的使者，每五百年，它就要背负着积累于人世间的所有不快和恩怨，投身于熊熊烈火中自焚，以生命和美丽的终结换取人世的祥和与幸福，在肉体经受了巨大痛苦和轮回后便得以重生。”声音从墙壁上传来，是凤凰的声音。宁诗瑶认真听着，不解地问道：“你们真的很值得敬佩。可是，为什么要和我说这些？”

“因为你现在面临两个选择：一是安详地长眠在这里，而后转世为人；二是像我们一样，浴火重生，接受自然之灵的能量，与黑衣人一起投入战斗，打败黑衣神。”凤凰缓缓说着，“浴火重生便有希望破解死亡之花的能量，但浴火重生是一个艰险、痛苦的过程，同时也意味着会面临更多、更严峻的考验。”

血雨经历过，战斗经历过，都坚持到这一步了，为何放弃！仅仅沉默了一两秒，宁诗瑶便抬起头：“我选择浴火重生。”

凤凰涅槃的传说宁诗瑶从小就听说过，她抱起那堆枯枝败叶，走出山洞，将它们散落在自己周围，而后眼看着它们在太阳的照耀下自行燃烧，看着越来越旺的火焰渐渐逼近自己的身体。

火焰在宁诗瑶周围跳着庆祝的舞蹈，火苗越来越高。宁诗瑶感受到了一种常人难以忍受的灼热,豆大的汗珠顺着她的额头滚滚而下。她感到,再这样站下去,自己会化成一滩水。

火越来越大,宁诗瑶感觉自己似乎有些站立不稳了,五脏六腑几乎错位,身体似乎要变成灰烬,也许现在跳出火堆便可以结束这种煎熬,但宁诗瑶并没有被这种煎熬所征服,她心里默念着:"奇诺他们还身处险境,只有自己浴火重生才能破解死亡之花,结束魔镇的灾难。坚持……宁诗瑶你一定要坚持住!"

时间一分一秒地流逝,宁诗瑶终于知道了什么叫度秒如年,每一秒对她来说都好长好长,每坚持一秒钟,就多一秒钟的希望,然而也多一秒钟的煎熬。宁诗瑶浑身剧烈地疼痛,身上的皮似乎要褪下来似的。她不禁纳罕:究竟什么时候才能结束?

宁诗瑶轻轻呻吟着,她不是没有大声喊叫的冲动,以前练跆拳道压腿的时候,疼极了便会死命号叫,但此时她已是气若游丝,没有这个力气了,况且喊了又有什么用?还是省省力气吧。她咬牙坚持着,在心里默默地给自己打气:"宁诗瑶,你行的,这么多考验你都撑过来了。"大火吞噬着她的身体,把她的脸映得红红的。近乎奄奄一息中,猛然一道灵光划过她的脑海:鬼镜预言的,就是现在的场景吧。

这么说,一切都是注定的,自己注定会遇到奇诺,注定要接受严峻的考验,那么,自己就更应该完成使命了。宁诗瑶倔强地屹立在大火之中,静静等待。

不知过了多久,火苗渐渐小了下去。宁诗瑶摇晃了一下,眼前渐渐模糊了,混沌之中,她好像看到周围一片绿光,强大而又温暖,射入自己的额头,进入自己的身体,而后,她眼前一黑,倒了下去,身体慢慢变得透明,手腕上一朵黑色梅花一闪而过。

三十六

战斗结束

“战斗已经结束了，黑衣人终究不是我的对手。”黑衣神发出一阵阴森森的笑声，“奇诺，你的死期到了！”巨大的死亡之花又一次缓缓张开，带着死亡气息的花瓣将奇诺瞬间包裹在中央，他已无力还击，更无法逃脱，只得闭上眼，感受自己的能量和生命在一点一点地被吸走。“一切似乎都结束了。”奇诺回顾自己的一生，想到自己从未愧对过自己手腕上的那朵梅花，想到自己曾全心全意地保护魔镇和人类世界，可以说是死而无憾了吧。想到这些，他的脸上露出欣慰的微笑，既然如此，那就任由生命结束吧。

奇诺闭上了眼睛，尽力不去听幻羽等人撕心裂肺的呼唤，然而一个陌生又熟悉的声音却传入他的耳朵。

“奇诺不会死，战斗还没有结束。”

这声音好熟悉！是那个从认识他开始就一直黏着他的人类女孩，是那个一心想成为黑衣人的人类女孩。是的，是宁诗瑶，不会错！然而，她的声音却比原来多了许多成熟与稳重。

一片绿色映入眼帘，顿时，死亡之花的花瓣渐渐透明了、消失了，一切都被一片绿色、温和而又强大的光晕包裹住。光源似乎在天空上，奇诺抬起头，只见绿光中间立着一个窈窕而坚定的身影。“宁诗瑶！”他脱口喊出来。

“是的，是我。黑衣神，你的死期到了！”

刚刚还充满喊杀之声的战场瞬间安静了，宁诗瑶的声音似乎有着不可抗拒的威慑力。狞狼忍不住浑身颤抖起来，但他还是吹胡子瞪眼地想逞英雄。政绍目不转睛地盯着宁诗瑶，眉头紧皱，眼神复杂，既有忧虑又有欣慰。黑衣神气得浑身乱颤，气急败坏道：“不可能，这女孩已经死了！她不可能战胜死亡之花！她已经死了！”

“你错了，”宁诗瑶露出居高临下的微笑，“要死的是你。”

“岂有此理！”黑衣神一挥手，几朵死亡之花飞速向宁诗瑶飞来。宁诗瑶冷冷一笑，轻轻一挥手，几声轻响，那看似坚不可摧的花朵竟纷纷爆裂，白色的花瓣和紫色的花蕊纷纷落地。奇诺看呆了，这一幕，在他，在幻羽，在雪儿和茗轩，在所有魔镇的人看来，美得惊人。

“不可能！这不可能！”黑衣神惊慌失措，“狞狼，上，你给我上！”

“什么……我……?”狞狼无暇理会黑衣神的命令,他掉头就跑。“混蛋!”黑衣神狠狠一掌,把狞狼打得原地转了几圈,他还想跑,却跑反了方向,当他清醒过来时,宁诗瑶已经站在他面前。

“怎么,狞狼将军?”宁诗瑶露出嘲讽的微笑,“怕了我这个人类了?”

“你……你,我……我才不怕你!”狞狼嘴上还在逞能,但身体却不由自主地发抖,冷汗顺着额头滚滚而下。

“哼!”宁诗瑶冷冷看着他。事已至此,逃已经没有用了,狞狼一咬牙,手中的刀狠狠地劈了过去。宁诗瑶一侧身躲过,而后她手一摆,一道绿光刺到狞狼身上,他身上立时出现了一大片鲜血,他再也撑不住了,转身欲逃。“想跑?”宁诗瑶又一挥手,狞狼后心被击中,他惨叫着摔在地上,登时粉身碎骨。奇诺看着地上狞狼的尸骨,又抬头看看宁诗瑶,脸上出现了欣慰的微笑。

“宁诗瑶,做得好,你成功了。”奇诺明白了一切。

“政绍,你上,一定要杀死她!”黑衣神的嘴唇颤抖着。政绍没有回答,他默不作声地腾空一跃,站在宁诗瑶对面,毫无惧意地直视着她。但这一次,政绍的眼中已全然没有了轻视,他知道,宁诗瑶已经不是以前那个时刻需要奇诺保护的人类了。

“动手吧。”他缓缓抽出自己的剑。

一阵清风吹过,宁诗瑶的攻击开始了。无数次战斗积累的实战经验再加上魔法能量,已足够让她和所向披靡的政绍抗衡了。地面上的人看不清人影,只听到兵器碰撞的声音。汗水从政绍的额头上流下来,他渐渐地只有招架之功了。猛地,随着一声清脆的“乒乓”声,政绍的刀掉落在地,他的胸前直插着宁诗瑶的长剑。

“你赢了。”政绍的脸上露出复杂的表情和充满凄楚的淡笑,“奇诺没有看错你。”

“其实你只是走错了路。”宁诗瑶发出一声叹息,长剑闪电般收回。

政绍跌倒在地上,受伤不轻,显然此时他只能坐以待毙,等着宁诗瑶再来补上一剑,使自己在漫天飞舞的花瓣中化为尘埃。

“你走吧,以后不要再与我们为敌。”这是奇诺的声音。政绍简直不敢相信自己的耳朵,他疑惑地看着奇诺。“你走吧,记住我的话。”奇诺看出他的怀疑,重复着刚才的话。

这次政绍听清了,确信奇诺说的是真的,他吃力地从地上爬起来,费力地向前迈了几步,又停住脚步回过头来,看了奇诺和宁诗瑶一眼,眼睛里充满了感激和羞愧,然后摇摇晃晃地离开了。

奇诺和宁诗瑶望着政绍的背影,都有一种说不出的感觉,是痛恨,是同情,还是惋惜?也许都有,毕竟政绍是一个良心未泯甚至有一丝正义感的人,只是错上了黑衣神的黑船。

宁诗瑶的出现让魔镇的所有人欢欣雀跃,她不仅瞬间杀死了狞狼,而且连政绍都这么轻易地败在了她的长剑之下。经历重重困难得到蜕变后,这个人类女孩竟能发挥出如此之大的威力,这极大地鼓舞了所有人。

即将失去的信心一瞬间全回来了。“大家上啊,杀死黑衣神!”

奇诺发出震耳欲聋的呼声。魔镇的人顿时精神一振，冲向敌群。随着死亡之花的失效，随着两个将军尤其政绍的惨败，黑衣神的手下已是不堪一击、溃不成军。魔镇的人们越战越勇，杀得骷髅军队节节败退。

“不！不！”黑衣神已经近乎疯狂了，“死亡之花不会失效！黑衣神不可战胜！”他厉声喊着，带着浓郁的黑烟冲向宁诗瑶。一道惨白的闪电从黑衣神手上发出，直击宁诗瑶的面门，速度极快，宁诗瑶几乎来不及反应。在这千钧一发之际，奇诺闪电般掠到她面前，手中剑挥出一道光芒，抵挡住了黑衣神的攻击。

“你的死期到了。”奇诺横剑挡在宁诗瑶面前，然而这只是习惯性动作，现在它显然已经多余了。“我要和你并肩战斗。”宁诗瑶按下奇诺的胳膊，毅然站在他旁边，奇诺脸上露出了微笑。

“我要杀了你！”黑衣神揉身而上，宁诗瑶和奇诺不断闪转腾挪与他交战，不分胜负却也不占上风。

“死亡之花没了又怎样？”黑衣神脸上露出狞笑，“你们照样会死在我手上！”

“这话说得太早了！”话音未落，又有几道人影闪过。幻羽、雪儿、茗轩站在不同的方位，将黑衣神的前后左右全部封死。

“好啊，都来了，那就来多少死多少！”黑衣神咆哮着，直向宁诗瑶冲过去，宁诗瑶闪身躲过，然后快速挥剑还击，其他四人也迅速向黑衣神发起攻击。五个人从不同的方位攻击，幻化成五道光影，在黑衣神周围飞速地交错转动，黑衣神渐渐顾此失彼，无力招架。

“嚓”的一声，宁诗瑶的长剑洞穿了他的身体。“不，这不可能！我是黑衣神，我不会死！”黑衣神至死也不相信这是真的。

“一切都结束了！”宁诗瑶冷冷地说道，同时长剑带血抽出。

随着黑衣神的倒下，所有的黑暗气息都消失了，骷髅骑兵、魔兽，所有黑衣神的爪牙，都失去了首领和靠山，纷纷抱头鼠窜，不用魔镇的人追赶，它们很快自行烟消云散。

最为邪恶的黑暗源头已经消失，这些小喽啰又怎么可能继续存在？

“我们赢了。”奇诺露出无法抑制的兴奋和激动。

“我们胜利了！”魔镇的人们欢呼起来。奇诺转向宁诗瑶，向她投来赞赏的目光。幻羽、雪儿等人亲密地拉着宁诗瑶的手，搂着她的肩。

“诗瑶，做得好！你救了我们，救了整个世界！”人们欢呼着。

三十七

新起点

战争彻底结束了,魔镇安宁了,人类世界安宁了。宁诗瑶在所有人眼里,也从一个偶然闯进魔镇的外来客,变成了魔镇的宝贵一分子,以人类的身份,也是以黑衣人的身份。

是的,宁诗瑶已经成为黑衣人。奇诺扳过她的手腕,当看到那个渴望已久的梅花标记时,就连宁诗瑶自己也难以置信地张大了嘴,半天说不出话来。

“可是……”雪儿犹豫了一下,“鬼镜的预言……又是怎么回事?”她一面说一面担心地看了宁诗瑶一眼,生怕触动她的心病,然而宁诗瑶依旧笑容灿烂,丝毫未受打击的样子。

“鬼镜的预言啊……我已经看到了呢!”宁诗瑶笑着说。其实那个预言被他们所有的人误解了。站在火里，可以代表被活活烧死，但也可以代表着浴火重生。

"这么看来，鬼镜早就预言到了一切，宁诗瑶命中注定是可以帮我们化解灾难的人。"茗轩脸上带着美美的笑意。

命运真是不可预测啊！宁诗瑶回想着她度过的这段艰险而又刺激和宝贵的日子，脸上充满了感慨和欣慰。这段经历让她明白了拥有生命是一件多么可贵的事，也让她明白了什么是坚毅，什么是梦想，什么是情义。她庆幸自己出生在和平的人类世界，也庆幸自己接触过惊险的魔法世界，前者给了她珍贵的生命与平和的生活环境，后者告诉了她人还可以有一种更有意义的活法。

宁诗瑶凝视着手腕上的梅花标记，它的出现代表着使命和责任，从今天起，她要为自己负责，更要为所有人类和魔镇的人负责。

"以后，宁诗瑶就是魔镇的盟友了。"幻羽笑着，"真没想到，黑衣人的队伍会有人类呢！"

"宁诗瑶通过了重重考验，不过，这只是开始，"奇诺正色道，"以后，还会有更多、更严峻的考验。"

"嗯，我会坚持下去的。"宁诗瑶凝视着那朵黑色梅花，坚定而郑重地说。